KRÜGER

Cecelia Ahern

Der Ghostwriter

Novelle

Aus dem Englischen von
Christine Strüh

KRÜGER

MIX
Papier aus verantwortungsvollen Quellen
FSC® C083411
FSC
www.fsc.org

Erschienen bei FISCHER Krüger

Die englischsprachige Ausgabe erscheint im Verlag HarperCollins, London.

Satz: Pinkuin Satz und Datentechnik, Berlin
Druck und Bindung: CPI – Clausen & Bosse, Leck
Printed in Germany
ISBN 978-3-8105-0154-7

Für Susanne Halbleib.
Danke …

I

Sein Name war Herman Banks.

Von einer reichen alten Tante namens Barbarella Weissman, die er dem Namen nach kannte, aber nie gesehen hatte, erbte Herman sechstausend Dollar. Seine sechs Geschwister sowie vierzehn Cousins und Cousinen bekamen das Gleiche. Die kannte Herman natürlich allesamt persönlich, aber auch keiner von ihnen war der lieben Ella, die auf diese Weise heimlich und leise die Zukunft ihrer Nachfahren beeinflusste, jemals begegnet. Hermans Bruder Hank – er nannte sich tatsächlich Hank Banks, obwohl er eigentlich Henry hieß – kaufte sich, kaum dass er achtzehn geworden war, von dem ganzen Geld, abzüglich der Ansprüche, die ihr Vater darauf erhob, einen alten Chevy. Bei dem Deal ließ er sich aber dermaßen über den Tisch ziehen, dass nicht nur sein Erbe, sondern auch sein Erspartes und sein Arbeitslohn dafür draufgingen, das Ding überhaupt nur straßentauglich zu machen.

Herman war anders. Er war drei Jahre jünger als Hank und infolgedessen auch drei Jahre weiter davon entfernt, seine Flucht aus dem Farmhaus in Missouri in Angriff nehmen zu können. Im Sommer half er bei der Maisernte, im Winter schleppte er Heu, und dazwischen bemühte er sich, seine Pflichten möglichst schnell zu erledigen, um Zeit für die Schule zu haben. Der Schulbesuch hatte in seiner Familie keinen hohen Stellenwert, aber Herman sehnte sich regelrecht danach – nicht so sehr wegen des Unterrichts, sondern vielmehr wegen der langen Busfahrt durch die Maisfelder, die er sogar im Schlaf vor sich sah und nun endlich hinter sich lassen durfte. Schule bedeutete, dass er ausbrechen konnte; das Lernen war eher ein Nebeneffekt. Während Hank jeden Abend mit einem anderen Mädchen in seiner alten Schrottkarre durch die Gegend gondelte, hatte Herman Zeit, zu beobachten, zu überlegen, zu planen.

Als auch Herman mit achtzehn endlich sein Erbe in die Finger bekam, kaufte er damit – nach den entsprechenden familiären Abzügen – einen Verkaufsstand für frischgepressten Orangensaft, eine Sandwich-Bude und zum blanken Entsetzen seines Vaters ein Grundstück, auf dem er Sojabohnen anpflanzte. Dann investierte er in eine zukunftsträchtige Computertechnologie, und ein gutes Dutzend weiterer kluger Entscheidungen führte dazu, dass er im Lauf der Jahre ein Vermögen anhäufte. Unter dem Namen *Herman Banks Organization* machte seine Dachgesellschaft mit ihren weltweit operierenden Unternehmen im Bereich Immobilien, Einzelhandel, Gewerbe, Hotellerie und Golf noch auf dem Tiefpunkt der weltweiten Rezession Profit, so dass Herman inzwischen über ein Privatvermögen von zwei Milliarden Dollar verfügte. Nach wie vor faszinierte es ihn, wie das simple Bedürfnis, der Enge seiner Herkunft zu entfliehen, einen Menschen dazu bringen konnte, ein Potential freizusetzen, das niemand in ihm vermutet hätte.

Herman war ein guter Mann, der seine Mitmenschen ehrlich und fair behandelte. Er war der Jüngste von sieben Geschwistern und überzeugt, dass er seinen geschäftlichen Erfolg in erster Linie diesem Umstand verdankte: Dadurch, dass er so viel beobachtet und außerdem gelernt hatte, mit fünf großen Schwestern zu überleben, hatte er ein nahezu untrügliches Gespür dafür entwickelt, wie er mit fast jedem Menschen fast überall auf der Welt Geschäfte machen konnte, die ihm fast immer Gewinn einbrachten. Inzwischen war er vierundfünfzig, eine Legende der Geschäftswelt, besaß eine Wohnung an der New Yorker Upper East Side, eine Karibikinsel und mehrere Häuser in fünf verschiedenen Ländern, galt als Finanz- und Medienmogul, wurde als potentieller Präsidentschaftskandidat gehandelt, befand sich kurz gesagt auf der Höhe seiner Karriere – und trotzdem plagte ihn etwas.

Es waren nicht die noch ausstehenden Geschäfte, nicht die unsichere Marktlage, es lag auch nicht daran, dass er vor kurzem – schweren Herzens – den Kontakt zu seinem Bruder abgebrochen hatte, der immer auf die falschen Pferde gesetzt hatte und jetzt wahrscheinlich ziellos durch die Straßen von New York irrte, bereit, jedem X-Beliebigen seine Seele für den nächsten Heroin-Schuss zu verkaufen.

Natürlich machte Herman sich Sorgen um seinen Bruder, aber das war es nicht, was ihm am meisten zusetzte. Nicht einmal die Sache mit seiner Frau, die ihm soeben offenbart hatte, dass sie eine Affäre gehabt hatte, eine viermonatige Affäre mit ihrem Personal Trainer, einem widerwärtigen langhaarigen Schönling, der jeden

Morgen schweißtriefend in Hermans Wohnung ein- und dann wieder davongeschwebt war, mit einem Ausdruck im Gesicht, den Herman nicht einordnen, aber auch nicht leiden konnte. Herman wollte den Namen des Kerls nicht wissen, wollte im Grunde nicht einmal seine Existenz zur Kenntnis nehmen, und es graute ihm bei dem Gedanken, was er tun würde, wenn er ihn je noch einmal zu Gesicht bekam. Er kam sich nicht gern dumm vor, aber momentan fühlte er sich wie der letzte Idiot. Vielleicht war er das ja auch. Er liebte seine Frau sehr, und das Geständnis, dass sie ihm untreu gewesen war, hatte ihn getroffen wie ein Blitz aus heiterem Himmel. Mit ihren sechsundzwanzig Jahren war sie halb so alt wie Herman, er wusste, dass man ihre Beziehung als Geschichte aus dem Lehrbuch ansehen konnte – dass es für einen Mann seines Alters vorhersehbar gewesen war, sich in sie zu verlieben. Vielleicht hatten die Lehrbücher ja recht, vielleicht machte er tatsächlich eine Art Midlifecrisis durch. Vielleicht lebte er in einer anderen Realität als die meisten anderen Menschen, aber er liebte seine Frau ehrlich, und jedes Wort, das er bei ihrer Hochzeit vor zwei Jahren in der Kirche gesagt hatte, war ernst gemeint. Er spürte, dass es auch bei ihr so war, und in den tränenreichen, hasserfüllten Auseinandersetzungen, mit denen sie sich regelmäßig die Nächte um die Ohren schlugen, seit er von ihrer Untreue erfahren hatte, beteuerte sie immer wieder, dass sie ihn liebte, aber dass seine ständige Abwesenheit, sein besessenes Arbeiten, seine Sucht, Geld zu machen – so drückte sie es aus –, dazu geführt hatten, dass sie sich »isoliert«, »verletzlich« und »ungeliebt« fühlte. Er nahm sie angeblich nicht wahr, er hörte ihr nicht zu, er wurde von seiner Arbeit aufgefressen. Neben »Es tut mir so leid« war diese Erklärung ihr Mantra geworden.

Aber es war nicht dieses jüngste persönliche Desaster, das ihm schlaflose Nächte bereitete, ihn bei der Arbeit ablenkte und ihn in manchen Meetings desinteressiert erscheinen ließ. Nein, es war die tiefe Leidenschaft, die in ihm loderte, seit er als Jugendlicher in die Scheune geflohen war und sich im Heu versteckt hatte, um einen Moment Ruhe vor der verhassten körperlichen Schufterei zu haben und in die Welt von Hemingway oder Joyce, Dickens oder Steinbeck zu entfliehen. Schon seit jeher waren Bücher seine Rettung gewesen, und das war bis heute so geblieben.

Angefangen hatte diese Liebe damit, dass ein Tramper, den sein Vater auf dem Rückweg von der Stadt mitgenommen hatte, den Sommer über bei ihnen geblieben war und auf dem Feld ausgeholfen hatte. Der junge Mann war, soweit Herman sich erinnern konnte, ziemlich haarig gewesen, mit einem langen Zopf und einem Bart, der gleich unter den Augen anfing und den Rest seines Gesichts fast völlig überwucherte. Als Hermans Vater ihn nach seinem Namen fragte, hatte er kurz nachgedacht und dann geantwortet: »Nennen Sie mich Gabriel.«

Gabriel war ein entspannter Typ, mit einer Stimme, die so sanft war, dass man die Ohren spitzen musste, um ihn zu verstehen, aber auf dem Feld arbeitete er härter als alle anderen, und seine durchdringenden blauen Augen brachten Hermans Mutter zum Erröten, wenn sie in der Küche um ihn herumgluckte. Auch Hermans Schwestern hatten ein Faible für ihn, allen voran Anna Bell, die bekanntermaßen ein Faible für fast alle Männer aus der Gegend hatte. Sozusagen als Beweis für ihre Reputation hatte Herman sie eines Abends in der Scheune mit Gabriel erwischt, sie mit den Beinen, er mit dem nackten Hinterteil hoch in der Luft.

Aber es war nicht dieser Vorfall, der Hermans Leben veränderte, sondern der Tag, an dem er Gabriel an einem seiner seltenen freien Tage entspannt mit einem Buch in der Hand an einen Apfelbaum gelehnt vorfand. Auf seinem Gesicht lag ein Ausdruck, der so entrückt, so weit weg von dieser Welt war, dass es Herman den Atem verschlug. Gabriel hatte ihn nicht kommen hören – und falls doch, war das, was auf diesen Seiten stand, offenbar viel zu wichtig, um sich davon loszureißen, denn er rührte sich nicht, ja, er blickte nicht einmal auf. Schließlich setzte Herman sich einfach hin und wartete, dass der junge Mann ihm seine Aufmerksamkeit zuwandte. Dreißig Minuten später war das Buch zu Ende, und nun schaute Gabriel ihn endlich an, jedoch ohne ihn wirklich zu sehen – der entrückte Ausdruck, der in Herman den Wunsch geweckt hatte, das Buch zu lesen, das der andere in der Hand hielt, war geblieben. Körperlich anwesend, aber gleichzeitig weit, weit weg zu sein, war die Lösung für Hermans Pubertätsprobleme. Das Buch war *Früchte des Zorns*.

Es begleitete Herman von nun an und wurde bei jeder sich bietenden Gelegenheit hervorgeholt. Allerdings las er es nur im stillen Kämmerlein, denn sein Vater war von der neuen Leidenschaft seines Sohnes alles andere als angetan, und Hermans Schwestern fanden es lästigerweise höchst amüsant, dass er – wie sie glaubten – den Wunsch hatte, den Tramper nachzuahmen. Seine Mutter, die schon immer seine stille Verbündete gewesen war, unterstützte ihn zwar nicht direkt, aber wenn sie ihn irgendwo zusammengekauert in einer Ecke beim Lesen antraf – die Gedanken in einer anderen Zeit und an einem anderen Ort –, warnte sie ihn, sobald jemand sich näherte. Und das reichte ihm. Hank dagegen weckte Herman, wenn er spätabends von einer Sauftour zurückkam – allein der Alkoholdunst genügte schon, um seinen kleinen Bruder aus dem Schlaf zu reißen –, und verlangte, dass er ihm etwas vorlas. Wenn Herman dann müde wurde und mitten im Satz einschlief, trat Hank von unten so heftig gegen die Matratze ihres Doppelstockbetts, dass Herman herausflog, aber dann rappelte er sich schnell wieder auf, kletterte zurück nach oben und las weiter.

Herman war nicht sicher, ob das nur eine neue Art brüderlicher Folter war oder ob Hank sich wirklich für die Bücher interessierte. Heute, wo sie beide über fünfzig waren, war er ganz sicher, dass Hank die gleiche Fähigkeit besaß wie er selbst und sich genauso in einer Geschichte verlieren konnte. Sie waren sich ähnlicher, als ihm damals klar gewesen war. Beide hatten den Wunsch, der Realität zu entfliehen, aber während Herman seine Zuflucht in Romanen suchte, hatte Hank sich für Drogen und Alkohol entschieden.

Als Herman damals *Früchte des Zorns* fertig gelesen hatte, fing er sofort wieder von vorn an. Und dann las er es gleich ein drittes Mal. Es fühlte sich an, als müsste er einen unstillbaren Hunger befriedigen. Er begann, sich Bücher anzuschaffen, kaufte sie auf Flohmärkten, in Secondhandläden, nahm sie mit, wenn jemand sie irgendwo liegengelassen hatte, wobei ihm das Busdepot gute Dienste erwies. Und er las sie alle. Später in seiner Karriere spielte er eine Weile mit dem Gedanken, einen Buchladen aufzumachen, in dem er endlos herumstöbern konnte, aber dann wurde ihm klar, dass diese Art von Geschäft weder seinen finanziellen Appetit noch die Leidenschaft in ihm stillen würde. Seine Geschäftsprojekte waren immer gewinnorientiert, aber Bücher gehörten zu den wenigen Dingen in seinem Leben, bei denen es ihm nicht um Geld ging. Dabei machte er allerdings noch eine Entdeckung: Er liebte das Lesen, aber er sehnte sich danach zu schreiben.

Deshalb hatte er auch alle Buchverträge abgelehnt, die ihm angeboten wurden und bei denen ein Ghostwriter seine Lebensgeschichte aufschreiben sollte – wenn jemals etwas über sein Leben erzählt würde, wollte er das selbst tun. Aber er fand nie die Zeit dafür, und er wusste auch nicht recht, wie er seine Geschichte erzählen sollte, wo er doch noch mittendrin steckte. Und wenn seine Geschichte zu Ende war, dann war es zu spät. Er hielt nichts von Autobiographien, wollte sich nicht zu dieser Schreibform herablassen, und er verachtete die unautorisierten Veröffentlichungen mit seinem Gesicht und seinem Namen auf dem Cover, die den Eindruck erwecken sollten, sie hätten irgendetwas mit ihm zu tun. Er hatte auch keine Lust, einen Businessratgeber zu schreiben, was ihm ebenfalls wiederholt nahegelegt wurde. *Folg deinem Instinkt und benutz dein Hirn* – das war sein Motto, aber dieser einfache Satz ließ sich nicht auf die gewünschte Seitenzahl ausdehnen.

Vermutlich schlummerte in seinem Hinterkopf die feste Überzeugung, dass er irgendwie und irgendwann die Gelegenheit finden würde, das Buch, das er schreiben wollte, tatsächlich zu schreiben. Es sollte ein Klassiker werden, eine Geschichte, die junge Männer und Frauen auf der ganzen Welt mitreißen würde, eine Geschichte, die so überwältigend war, dass sie den Lesern den Atem raubte, dass man sich verloren fühlte, wenn man das Buch zuklappte, aber wiedergefunden, wenn man es wieder aufschlug. Es würde die Leser dazu bringen, ihr ganzes Leben in Frage zu stellen, Fehler in dem zu finden, was sie bisher für Glück gehalten hatten, und Glück in vermeintlichen Fehlern. Das Buch würde emotional sein, zutiefst persönlich, und vor allem würde es die Herzen der Leser bewegen. Sie würden sich mit seiner Geschichte identifizieren, sie würden die Figuren ins Herz schließen, sie jeden Tag mit sich herumtragen, als wären es geliebte Menschen, und ihre Erfahrungen nutzen, um sich von ihnen durchs Leben führen zu lassen. Das Buch würde monumental werden, zeitlos, einfach perfekt.

Die Frage war nur: Woher sollte ein Mann wie Herman die Zeit nehmen, dieses Buch zu schreiben? Außerdem hatte er Angst, dass er sich, sosehr man ihn in der Geschäftswelt auch respektierte, in der Literaturwelt womöglich blamieren könnte. Nein, er durfte es keinesfalls an die große Glocke hängen, er musste dieses Vorhaben in aller Stille angehen, ohne dass irgendjemand davon erfuhr.

Es war doch ganz einfach. Herman wollte schreiben. Herman musste schreiben. Also würde Herman Banks den perfekten Roman erschaffen.

II

Der Chauffeur steuerte den Wagen die Auffahrt hinunter, Kies spritzte auf und schlug klappernd gegen das Fahrgestell. Schon vor zwei Minuten hatte die Inschrift *Burns' Estate* sie auf den Steinsäulen des Haupttors begrüßt, und noch immer war das Haus nicht in Sicht. Es war Januar, die Bäume ähnelten Skeletten, graue Wolken hingen tief am Himmel, und obwohl sie sich in einer lebhaft grünen, ländlichen Gegend befanden, mangelte es ihr in diesem Teil an Farbe. Herman lächelte in sich hinein und war ehrlich zufrieden, ein Gefühl, das er schon lange nicht mehr gekannt hatte. Die Szenerie war perfekt, er hätte sie sich nicht besser ausdenken können.

Gregory Burns war einer seiner Lieblingsschriftsteller. Keiner der Klassiker, die er auf dem Heuboden verschlungen hatte, sondern aus einer späteren Zeit, als er schon in die große weite Welt gezogen war. Auf Gregory Burns' Roman *Der Erlöser* war Herman in Chicago gestoßen, wo er sich seine erste Wohnung eingerichtet hatte, und es war das erste Buch seines Erwachsenenlebens, in der Zeit, als er anfing, Risiken einzugehen und wagemutig zu werden. Herman verschlang die Bücher von Gregory Burns, der selbst aus Chicago stammte und dessen

Werk stark von der Großen Depression beeinflusst war, unter der er offensichtlich sehr gelitten hatte. Herman war fasziniert vom privaten und beruflichen Werdegang des Schriftstellers, von dessen kompliziertem, oft von Pech und unklugen Entscheidungen geprägtem Leben. Irgendwann war Burns in die Nähe von Bath in Südwestengland gezogen, wo er seinen letzten Roman mit dem Titel *Der Erlöser* geschrieben hatte. Vor zehn Jahren hatte Herman in einem Londoner Antiquariat für zehntausend Pfund eine Erstausgabe und das auf der 1932er Underwood-Schreibmaschine getippte Originalmanuskript ergattert – bis heute sein wertvollster Besitz. Und nun war er unterwegs zum Haus von Gregory Burns, in dem das Buch geschrieben worden war. Herman hatte das Anwesen vor kurzem gekauft, und in dieser Kulisse wollte er seinen eigenen ersten Roman schreiben.

Neben ihm im Auto saß Amber, eingehüllt in ihren Pelzmantel, zart und schön wie immer, und ihr Chanel N° 5 erfüllte mit seinem dezenten Duft die Luft. Seit sie in Heathrow gelandet waren und die Reise nach Litherly im englischen Südwesten angetreten hatten, war sie äußerst wortkarg gewesen. Als er ihr erzählte, dass er einen Roman schreiben wollte, hatte sie wesentlich positiver reagiert, als er erwartet hatte – sie hatte ihn unterstützt und sich darüber gefreut, dass er so viel Enthusiasmus für etwas anderes als Geldverdienen zeigte. Als er ihr dann mitteilte, dass er ein Haus in England gekauft hatte und sie im Lauf der nächsten Monate dorthin ziehen würden, hatte sie sich allerdings eher seinen Erwartungen gemäß verhalten. Er hatte das Haus gekauft, ohne ihr etwas davon zu sagen – »Ich hab schließlich auch das Recht auf meine kleinen Geheimnisse«, hatte er sich, zugegebenermaßen ziemlich kindisch, verteidigt. Er konnte einfach nicht anders, solche Bemerkungen kamen ihm zurzeit nur allzu leicht über die Lippen und hatten meist auch den erwünschten Effekt. So auch diesmal: Amber hatte getroffen gewirkt, verletzt darüber, dass er sie an seine eigene Verletzung erinnert hatte. Natürlich wusste er nicht, wie lange sie ihre Reserviertheit durchhalten würde – hoffentlich nicht allzu lange –, aber er wusste auch nicht, wie lange er selbst noch dieses Gefühl haben würde. Hoffentlich würden sie beide bald wieder zu einem normalen Umgang zurückfinden.

Obwohl Amber überrascht und verärgert gewirkt hatte, als er ihr von dem Kauf des Anwesens erzählte, hatte sie sich nicht beschwert, als er ihr mitteilte, dass sie für eine nicht absehbare Zeit anderswo wohnen würden, denn es war ihr nach wie vor immens wichtig, ihre Ehe wieder zum Funktionieren zu bringen, und sie wollte um jeden Preis verhindern, dass Herman sie verließ. Er wusste, dass sie ihn liebte, und das tröstete ihn, auch wenn es ihren Seitensprung in gewisser Hinsicht noch schlimmer machte. Wenn sie wenigstens eine dieser Frauen gewesen wäre, die ihre Abneigung gegen ihre Ehemänner offen zur Schau trugen und es nur auf das Geld abgesehen hatten, dann hätte er gewusst, was er zu erwarten hatte, und sich darauf einstellen können.

Aber Amber war anders. Amber war taktvoll, sie war sanft, ausgesprochen fürsorglich und manchmal auch ein bisschen naiv. Sie war ein guter Mensch, ehrlich und gutherzig, unverdorben, und sie ließ sich nicht vergiften, trotz allem, was sie um sich herum sah und hörte. Die beiden hatten sich bei einer Weihnachtsparty kennengelernt, die vom Geschäftsführer einer Bank, mit der Herman geschäftlich verbunden war, ausgerichtet wurde. Amber war als Freundin der Tochter des Bankers erst in letzter Minute eingeladen und eigentlich nur zum Spaß neben Herman gesetzt worden. Da es zwischen den beiden keinerlei Gemeinsamkeiten gab, rechnete niemand damit, dass sie etwas miteinander anfangen könnten. Aber sobald Herman Amber die Hand geschüttelt hatte, war er in ihren Bann geschlagen, konnte sich auf kein einziges Gespräch mehr konzentrieren und wartete den ganzen Abend nur auf eine Chance, einigermaßen höflich aus der üblichen Konversation auszusteigen und sich stattdessen mit Amber zu unterhalten.

Sie war ein bisschen nervös, als sie zu dem Dinner eingeladen wurde – verständlicherweise, denn es war eine einschüchternde Gesellschaft, an der allerdings auch Herman keinerlei Interesse hatte, abgesehen von dem Hundert-Millionen-Kredit, der ihm für ein neues Bauprojekt in Lower Manhattan in Aussicht gestellt worden war. Aber Amber brachte ihn zum Lachen, sie strahlte, und sie war die einzige Frau an seinem Tisch, im ganzen Raum, ja, in seinem ganzen Leben, bei der er sich jemals so gefühlt hatte. Sie war frisch, sie vertrat Ansichten, die ihn interessierten, Meinungen, die ihn amüsierten, und ihre Schönheit hypnotisierte ihn. Im Geschäft fühlte er sich meistens wie eine Bulldogge, immer in Verteidigungsstellung, immer bereit zum Angriff, aber wenn er mit Amber zusammen war, verwandelte er sich im Handumdrehen in einen Welpen, fühlte sich sanft und entspannt – und genau dieses Gegengewicht brauchte er in seinem Leben.

Sechs Monate nach der Dinnerparty verlobten sich Herman und Amber. Freunde und Bekannte kritisierten Herman und meinten, er wäre ein verrückter alter Narr, sich in eine Frau zu verlieben, die es doch so offensichtlich auf sein Geld abgesehen hätte. Obwohl Herman sie nie dazu drängte oder Zweifel an ihr anmeldete, bestand Amber darauf, einen Ehevertrag abzuschließen, was den größten Teil der Gerüchteküche zum Schweigen brachte und auch die letzten Bedenken in Hermans eigenem Kopf ausmerzte.

Doch nun, nachdem sie gut ein Jahr verheiratet waren, hatte Amber eine Affäre gehabt, was Herman nie von ihr erwartet hätte. Nicht so sehr, weil er es grundsätzlich für ausgeschlossen hielt, er konnte es sich nur einfach nicht vorstellen. Zwar hätte er nie behauptet, dass er Amber durchschaute – sie durchschaute ihn weit mehr –, aber er konnte einfach nicht glauben, dass sie zu so einem Verhalten fähig war: wie sie die Lügen, die Heimlichkeiten und nicht zuletzt die körperliche Nähe eines anderen Manns aushielt, die sie sonst immer abstoßend zu finden schien, wenn sie Offerten bekam. Wenn sie allein ausging, erzählte sie Herman oft von irgendwelchen schmierigen Annäherungsversuchen, beinahe so, als hätte sie ein schlechtes Gewissen und fühlte sich verantwortlich dafür. Ihm davon zu berichten, schien für sie geradezu eine Erleichterung zu sein. Amber konnte nicht die kleinste Lüge erzählen, und sie bekam schon ein schlechtes Gewissen, wenn sie Herman anblaffte oder auch nur auf eine Art mit ihm redete, die sie selbst nicht angemessen fand. Er wusste, dass sie nicht verrückt nach Sex war und dass sie vor Herman mit zwei Männern geschlafen hatte – einem Schulfreund und einer College-Beziehung. Und gerade dieses völlig untypische Verhalten machte Herman fast mehr zu schaffen als die Kränkung, betrogen worden zu sein. Auf einmal war er nicht mehr sicher, ob er sie wirklich kannte, ob er sie jemals wirklich gekannt hatte, ob die Frau, in die er sich verliebt hatte, die wirkliche Amber war. Und weil er ausgerechnet von dem Menschen, der ihm am nächsten stand, zum Narren gehalten worden war, fragte er sich plötzlich, ob er sich womöglich auch in den anderen Menschen seiner Umgebung geirrt hatte. Zweifel waren zerstörerisch, im Geschäftsleben genauso wie in der Ehe. Und so geriet auf einmal die ganze Grundlage seines Lebens ins Wanken.

Irgendwann würde er ihr sicher vergeben, aber jetzt brachte er es noch nicht fertig. Er war sicher, dass es für sie beide viel zu lernen gab, dass die Ehe aber immer noch funktionieren konnte. Das wusste er, weil er es von sehr vielen Leuten in seiner Umgebung gehört hatte, die dieselbe Erfahrung durchgemacht hatten – offenbar kam es weit öfter vor, dass Ehefrauen fremdgingen, als er gedacht hatte. Nicht dass er diese Erkenntnis tröstlich gefunden hätte, er war auch noch nicht bereit, zu verzeihen oder sich selbst zu hinterfragen, dafür war er zu gekränkt und wütend und auch seltsam zufrieden damit, eine Zeitlang in diesen Gefühlen zu schmoren. Er hatte das Recht dazu. Er würde sich auf *Burns' Estate* zurückziehen, seine Wunden lecken, den perfekten Roman schreiben, seine verletzte Beziehung ausheilen lassen, und irgendwann würde er wieder mit seiner Frau schlafen können, ohne ständig von der fixen Idee abgelenkt und gequält zu werden, dass er ihren Liebhaber auf ihrer Haut schmeckte. Es war möglich, sie konnten noch gerettet werden.

Es war wie ein Wink des Himmels, als er sah, dass *Burns' Estate* auf dem Markt war. Auf ein solches Zeichen hatte er gewartet, während er überlegte, ob, wann und wie er seinem Traum vom Schreiben folgen sollte. Nun fand er es nicht auf den Immobilienseiten, die er jeden Sonntagmorgen auf dem Balkon bei Kaffee und Croissants gewissenhaft studierte, sondern stolperte darüber in einem kleinen Artikel in einem abseitigen Kunstmagazin, das er abonniert hatte. Eine Zeitlang war das Anwesen als Museum genutzt worden. Burns war sozusagen die Imelda Marcos der Schreibmaschinenwelt gewesen – er hatte jede verfügbare Kofferschreibmaschine gekauft, und nach seinem Tod war das Haus viele Jahre der Öffentlichkeit zugänglich gewesen, die dort seine berühmte Schreibmaschinensammlung bewundern konnte. Vor zwanzig Jahren hatten die Erben das Museum aufgelöst und das Anwesen privat vermietet, nun aber beschlossen, es zu verkaufen, und Herman dankte Gott, dass es solche egoistischen, geldgierigen Nachfahren gab, denen offenbar jede Sentimentalität fremd war.

Fast dreihundert verheißungsvolle Quadratmeter Wohnhaus nahe einem kleinen Dorf namens Litherly in Gloucestershire, Südwestengland, gehörten jetzt ihm. Das Anwesen war für zwei Millionen Pfund auf den Markt gekommen, und Herman hatte das schlechteste Geschäft seines Lebens gemacht, weil er nicht verhandelt, sondern einfach zum geforderten Preis zugegriffen hatte, plus einer Extrasumme für den Inhalt des Gebäudes. Zwei weitere Millionen gab er dafür aus, es seinen und Ambers Ansprüchen gemäß zu sanieren, und hinsichtlich der Einrichtung hatte er Amber völlig freie Hand gelassen. Wenn sie schon Hals über Kopf ans Ende der Welt umsiedeln musste, sollte sie hier wenigstens einigermaßen stilgerecht leben. Herman freute sich auf den Umzug und sah die Veränderung als Abenteuer – wie ein Junge, der sich auf den Weg in ein Zeltlager mitten in der Wildnis machte. Amber beschwerte sich zwar immer noch nicht, wirkte aber extrem verunsichert.

Als sie um die Kurve bogen, kam plötzlich das Haus in Sicht, und ohne nachzudenken, packte Herman Ambers Hand. Sofort wurde ihr Gesicht sanfter, denn sie erinnerte sich daran, warum sie hierhergekommen waren: damit Herman seinen Traum verwirklichen konnte, damit sie bei ihm sein konnte, damit sie zusammen waren. Herman dagegen erinnerte sich daran, was Amber ihm angetan hatte. Hastig ließ er ihre Hand wieder los, wandte sich ab und starrte aus dem Fenster.

In der Auffahrt vor dem Haus stand ein alter, flaschengrüner, mit Schlammspritzern übersäter Range Rover, aber niemand saß darin. Im Haus brannte Licht, und als sie hielten, öffnete sich die königsblaue Haustür. Heraus trat eine schmale, in dunklen Tweed gekleidete Frau mit mausbraunen Haaren und blickte ihnen freundlich, aber etwas unbehaglich entgegen. Offensichtlich wusste sie nicht, wohin mit ihren Händen, die erst dem Auto zuwinkten, dann an ihrer Nase kratzten, durch die mausbraunen Haare fuhren, den Tweedrock glattzupften, am Saum der Jacke zerrten und sich schließlich ineinander verschränkten und wieder lösten.

»Harriet, Harriet, Harriet«, murmelte Herman leise vor sich hin, mehr, um sich den Namen ins Gedächtnis zurückzurufen, als um ihn seiner Frau mitzuteilen. Amber war bereits dabei auszusteigen, denn sie war gespannt auf ihre neue Unterkunft, in der sie bis auf unbestimmte Zeit wohnen würde.

»Hallo, Harriet«, sagte Amber und streckte der Tweed-Frau die Hand entgegen. »Ich bin Amber Banks. Freut mich, Sie endlich persönlich kennenzulernen.«

Die Begrüßung war so herzlich, dass Harriets Gesicht sich sofort aufhellte. »Oh, Mrs Banks, es freut mich auch sehr, Sie kennenzulernen.«

»Bitte sagen Sie doch Amber zu mir.«

Aus der Nähe hatte Harriet Ähnlichkeit mit einem Pferd; sie war ungeschminkt, die Haut von Wind und Wetter gegerbt, die Wangen gerötet. Auf der Oberlippe prangte ein großer Leberfleck mit ein paar dicken schwarzen Haaren, der beim Sprechen heftig auf und ab wippte, als hätte er ein Eigenleben.

»Nennen Sie mich bitte Hattie. Mr Banks, ich heiße Sie herzlich willkommen«, fügte sie an Herman gewandt hinzu, ergriff seine Hände und verbeugte sich tief.

»Danke«, antwortete Herman knapp und spähte neugierig zur Haustür, die einen Spalt offen stand.

»Es ist uns eine große Freude, dass Sie das Haus gekauft haben, denn wir haben immer gehofft, dass es jemand erwerben würde, der sich wirklich dafür interessiert und weiß, was es wert ist. Und nach allem, was ich gehört habe, sind Sie dafür genau der Richtige.«

Herman hörte sie kaum, denn er konnte sich auf nichts anderes konzentrieren als auf die halboffene Tür.

Am liebsten wäre er sofort ins Haus gelaufen, und nach dem langen Flug und der langen Autofahrt war er froh, endlich am Ziel zu sein, und überhaupt nicht in der Stimmung für Smalltalk.

»Ja, Herman ist ein großer Fan von Mr Burns«, antwortete Amber an seiner Stelle, obwohl sie das erst seit kurzem wusste.

»Wie Sie ja wissen, bin ich jederzeit für Sie da«, fuhr Hattie mit der Begrüßung fort, »ganz gleich, ob Sie Fragen zur Umgebung haben oder ob es um Dinge im Haus geht. Aber was stehe ich hier herum und schwatze, Sie wollen bestimmt schnell aus der Kälte und ins Haus. Hier sind Ihre Schlüssel.« Da sie nicht sicher war, wem sie die Schlüssel geben sollte, ließ sie den Bund in der Luft baumeln.

Herman schnappte ihn sich.

»Gibt es nur einen?«, fragte Amber, und wieder meinte Herman diesen Unterton zu hören, diese leichte Panik.

»Bestimmt gibt es im Ort einen Schlüsseldienst, wo wir uns einen nachmachen lassen können«, sagte er und begann die Treppe zur Tür emporzusteigen.

»Ja, selbstverständlich. Nach Litherly sind es etwa zwanzig Minuten. Einfach den Weg zurück, den Sie gekommen sind, Sie sind bestimmt durchgefahren.«

»Ich kann mich an keine Ortschaft erinnern«, meinte Amber.

»Ah, man kann es leicht übersehen«, meinte Hattie mit einem freundlichen Lächeln. »Es sind nur ein paar Häuser, ein abgelegenes Dorf mit hübschen alten Cottages und einer Kirche aus dem neunzehnten Jahrhundert, alles um einen kleinen Dorfanger herum. Es gibt einen Laden und einen Pub, klein, aber ausreichend. Im Laden können Sie den Schlüssel bestimmt nachmachen lassen. Von Litherly nach Bath dauert es etwa eine Stunde, aber Sie sollten sich vielleicht erst ein bisschen an die Straßen gewöhnen, bevor Sie hinfahren, denn die sind selbst unter den besten Bedingungen ein bisschen vertrackt.«

Amber schluckte und nickte. Zu dritt betraten sie nun endlich das Haus, und Amber schien sich zu freuen, als sie dort ihre gewohnten Sachen entdeckte. Langsam schlenderte sie den Korridor hinunter, nahm die Zimmer in Augenschein und legte hier und dort die Hand auf Polsterstühle und Vorhänge. Herman eilte voraus, öffnete Türen, verschwand in Zimmern, die in andere Zimmer führten, und erforschte das neue Heim. Anfangs versuchten Hattie und Amber Schritt zu halten, aber bald verloren sie Herman aus den Augen. Im Salon machten sie halt.

»Wann ist das Haus eigentlich gebaut worden?«, fragte Amber, schaute sich um und zog ihren Pelzmantel enger um sich. Ihre Stimme klang klein und jung in dem alten Gemäuer.

»Die ersten Unterlagen stammen aus dem Jahr 831. Bis zu der Auflösung der Klöster 1539 gehörte es der Abtei. Danach ging es durch viele Hände, was man gut an den verschiedenen Anbauten nachvollziehen kann. Der nördliche Teil ist der älteste noch vorhandene und stammt aus dem Mittelalter. Um 1600 wurde das Haus erweitert und neu gestaltet, und im frühen achtzehnten Jahrhundert wandelte es sich von elisabethanisch zu georgianisch.« Hattie musterte Amber, merkte, dass die junge Frau sich unbehaglich fühlte, und milderte ihren Maklerton ein wenig. »Ich denke, Sie werden hier viel zu entdecken finden, viel zu tun. Der Garten ist terrassenförmig angelegt, wurde von Robert Ludlow Codrington entworfen und ist sehr gut gepflegt und instand gehalten, obwohl er um diese Jahreszeit natürlich nicht viel Farbe hat. Übrigens gibt es auch einen Taubenschlag auf dem Grundstück.«

»Einen Taubenschlag?«, wiederholte Amber, und ihr Gesicht hellte sich auf.

»Ja. Das Taubenhaus – *Ihr* Taubenhaus ist ein freistehender runder Bau auf der Wiese westlich vom Gebäude, mit Nistplätzen für die Vögel. Historisch war ein Taubenschlag eine wichtige Nahrungsquelle, und man hielt sich die Vögel wegen der Eier, des Fleischs und natürlich auch wegen des Düngers.«

Amber rümpfte die Nase, und Hattie lachte. »Ja, zum Glück hat sich inzwischen einiges verändert. Ein Fasan wäre mir zum Essen auch jederzeit lieber«, lachte sie, und ihr Leberfleck hüpfte auf und ab, als wollte er ihr nachdrücklich zustimmen.

»Wo ist eigentlich die ursprüngliche Einrichtung geblieben?« Ohne dass die beiden Frauen ihn kommen gehört hatten, marschierte Herman herein.

»Die Sachen sind im Pfarrhaus nebenan untergebracht, Mr Banks«, antwortete Hattie. »Ihr Dekorateur hat darauf bestanden, dass ich sie aufbewahre, damit Sie sich die Originale anschauen können, wenn Sie wollen. Aber obwohl ich auf dem Gebiet durchaus keine Expertin bin, ist es ziemlich offensichtlich, dass Sie einen wesentlich besseren Geschmack haben.«

»Wo ist das Pfarrhaus denn?«

»Es ist das nächste Haus östlich von hier. Solange das Museum offen war, gab es dort eine Teestube, aber seit es vor zehn Jahren dichtgemacht hat, wird sie nicht mehr genutzt. Wenn Sie sich vergewissern möchten, dass alles in Ordnung ist, führe ich Sie gerne hin.«

»Nein, danke. Ich sehe mir die Sachen gelegentlich an. Aber ich hatte darum gebeten, dass die Schreibmaschinen und der Schreibtisch im Haus bleiben.«

»Die Schreibmaschinen und der Tisch stehen in Gregory Burns' ursprünglichem Arbeitszimmer, wie Sie es gewünscht haben.«

Jetzt schien Herman sich ein wenig zu entspannen und sogar zu freuen. Amber strahlte.

»Darf ich fragen, ob Sie auch an einem Buch schreiben, Mr Banks?«

Herman zögerte, denn es war das erste Mal, dass ihm diese Frage gestellt wurde, und er war verlegen, aber auch ein bisschen stolz. »Nun, ich …«, setzte er an, fand aber nicht die richtigen Worte, was ganz untypisch für ihn war. Hilfesuchend schaute er seine Frau an. Aber sie erwiderte seinen Blick nur überrascht und erstaunt. »Hm, ja. Ja, ich schreibe.«

»Ist das nicht wundervoll?«, flüsterte Hattie mit großen Augen. »Ich versichere Ihnen, das bleibt unter uns, Mr Banks. Aber es ist herrlich, dass hier endlich wieder geschrieben wird.« Sie blickte sich um. »Ich hoffe, es wird das Haus sehr glücklich machen.«

Herman gefiel die ungewöhnliche Formulierung und auch die Vorstellung, dass er dem Haus sozusagen ein Geschenk machte.

»Es ist lange her, dass jemand hier mit der Schreiberei erfolgreich war. Nicht dass es nicht mehrere versucht hätten«, fuhr Hattie mit einer wegwerfenden Handbewegung fort. »Aber ich bezweifle keine Sekunde, dass es bei Ihnen anders ist, Mr Banks.«

»Was meinen Sie damit – mehrere haben es versucht?«

Hermans Ton brachte die beiden Frauen zum Stutzen, und sie starrten ihn verwundert an. Es war die Stimme eines verwöhnten Kindes, das gerade erfahren hatte, dass es nicht mehr lange das einzige Kind bleiben würde.

»Nun, Mr Burns war ein sehr populärer Autor, geradezu legendär, deshalb haben sich ein paar Leute hier für ein paar Monate eingemietet und versucht, seine Arbeit nachzuahmen. Aber sie hatten ganz sicher nicht Ihr Engagement und Talent, Mr Banks«, erklärte Hattie und gab sich alle Mühe, Hermans Ego zu schmeicheln.

Herman verdaute die Information noch, während Amber Hattie zur Tür brachte. Als sie außer Hörweite waren, fragte Amber: »Und keiner von denen ist fertig geworden?«

»Wie bitte?«

»Keiner von diesen Leuten, die hierhergekommen sind, um zu schreiben«, erklärte Amber mit gesenkter Stimme. »Ist keiner von denen mit seinem Projekt fertig geworden?«

Hattie begriff, dass die Frage mehr Gewicht hatte, als auf den ersten Blick zu erkennen war, und antwortete leise: »Nein«, fügte aber, wie um Amber zu trösten, hastig hinzu: »Na ja, einer hat es fast geschafft.« Dann schaute sie sich um, als müsste sie sich vergewissern, dass niemand sie belauschte, ehe sie fortfuhr: »Aber er hat uns verlassen, bevor es so weit war. Vielleicht hat er sein Buch anderswo fertig geschrieben, aber … ich glaube es eigentlich nicht. Das war in meinem ersten Jahr hier, und an die Details erinnere ich mich nicht mehr genau.« Sie lächelte nervös und fischte eine Visitenkarte aus ihrer Tasche. »Wenn Sie irgendwann mal das Bedürfnis haben, mich anzurufen, hier ist meine Nummer. Ich mache mein Handy nie aus, und abgesehen von gelegentlichen Netzstörungen – ich wohne oben in den Hügeln –, bin ich immer erreichbar. Egal, wann. Egal, worüber Sie reden wollen.« Dann hellte sich ihr Gesicht wieder auf. »Gut. Am Montag komme ich mit den Heizungsleuten. Sie müssen noch ein paar Sachen reparieren, die sie kaputtgemacht haben – obwohl sie natürlich behaupten, es wäre nicht ihre Schuld gewesen. Wenn ich Ihnen also was mitbringen kann oder wenn Sie noch Fragen haben, über das Haus oder die Gegend, dann zögern Sie bitte nicht, mich zu kontaktieren. Ach, und noch etwas, Mrs Banks.« Ihre Stimme wurde sanft. »Ich wünsche Ihnen viel Glück mit dem Haus.« Nach einem letzten Blick in die Runde schloss sie die Tür hinter sich.

»Danke«, flüsterte Amber und drückte die Karte mit der Handynummer fest an ihre Brust. Lange hielt sie sich daran fest, als wäre es die einzige Verbindung zu etwas wenigstens ansatzweise Menschlichem außerhalb dieses Hauses.

III

»Worum geht es?«

Er hatte Amber nicht die Treppe heraufkommen hören, weil er völlig in seine eigene Welt versunken gewesen war, und nun stand sie plötzlich hinter ihm. Er saß in Gregory Burns' Arbeitszimmer, an dessen Schreibtisch aus dem Jahr 1930 – Mahagoniholz mit einem schwarzen Ledereinsatz, rissig und faltig wie von einem alten Schwein. Auf dem Schreibtisch stand eine tragbare Underwood-Kofferschreibmaschine, eine von den Hunderten antiker Maschinen, die auf den Regalwänden ausgestellt waren, wie um Herman die perfekte Motivation zum Schreiben zu liefern. Er hatte darum gebeten, die 1930er Underwood aus dem Schaukasten zu nehmen, weil er wusste, dass Burns seinen letzten Roman *Der Erlöser* auf dieser Maschine geschrieben hatte, und obwohl Herman nicht die Absicht hatte, seinen Roman auf dem alten Ding zu tippen, wollte er es doch als Inspiration in Sichtweite haben. Das Zimmer war schlicht, für Hermans persönlichen Geschmack vielleicht etwas zu schlicht eingerichtet, denn in seinen Büros überall auf der Welt gab es Ledermöbel und deckenhohe Bücherregale, und die Wände waren mit Diplomen, Auszeichnungen und Fotos von Weltenlenkern und Sporthelden geschmückt, deren Bekanntschaft er gemacht hatte. Aber er hatte den Dekorateur angewiesen, das Schreibzimmer nicht anzurühren, weil er es ganz authentisch belassen wollte, genauso, wie es war, als Gregory Burns hier geschrieben hatte, und er hoffte, dass dieser ganz spezielle Raum seiner Kreativität zuträglich sein würde.

Vor dem Schreibtisch stand ein einfacher Holzstuhl, der in der Inventarliste als »Edwardianischer Kapitänsstuhl« aufgeführt, aber für Hermans kräftige Sitzfläche nicht ganz groß genug war. Er wirkte eher wie ein Frauenstuhl, und es ging Herman durch den Kopf, dass Gregory wohl ein eher zierlicher Mann gewesen sein musste. Es gefiel ihm, dass er einfach dadurch, dass er in diesem Haus wohnte und auf diesem Stuhl saß, eine Menge persönlicher Details über sein Idol erfuhr. Das Zimmer lag im zweiten Stock, und der Schreibtisch stand am Fenster, von dem man auf den Haupteingang des Hauses hinunterblickte. Auch das war ganz nach Hermans Geschmack. Genau wie Gregory legte auch er Wert darauf, über das tägliche Kommen und Gehen im Haus Bescheid zu wissen. Westlich vom Haus konnte er den Taubenschlag erkennen, der einsam auf der öden Wiese stand. Wahrscheinlich war er im Frühling und Sommer nicht zu sehen, denn die Wiese war von großen, jetzt natürlich kahlen Bäumen gesäumt, die sich vor ein paar Monaten von ihren sterbenden Blättern verabschiedet hatten. Vor dem Haus erstreckten sich weitere Wiesen, und irgendwo in der Ferne lag Litherly, versteckt wie ein winziges Tudor-Städtchen, das man mit bloßem Auge nicht ausmachen konnte – von *Burns' Estate* konnte man nicht einmal die nächsten Nachbarn sehen. Als ein Kaffeebecher auf dem Schreibtisch erschien, erwachte Herman aus seinen Gedanken und kehrte mit seiner Aufmerksamkeit wieder ins Zimmer zurück.

Amber stieß einen kleinen Schrei aus und hob den Becher wieder hoch. »Ich glaube, ich sollte lieber einen Untersetzer holen, wo dieser Schreibtisch vermutlich mal Heinrich dem Achten gehört hat.« Suchend blickte sie sich im Zimmer nach einem geeigneten Gegenstand um. »Hm. Vielleicht bleibe ich am besten einfach hier stehen und halte die Tasse für dich. Ich sage auch kein Wort.«

Ganz gegen seinen Willen musste Herman lachen, riss ein Blatt aus seinem Notizheft und legte es als Unterlage für den Becher auf den Tisch. »Danke. Wie hast du letzte Nacht geschlafen?«

Sie schauderte unwillkürlich. »Eigentlich gar nicht. Und du? Na ja, ich weiß, dass du geschlafen hast, du hast die halbe Nacht geschnarcht. Aber ich hab dauernd Geräusche gehört.«

»Das Haus ist eben sehr alt.«

»Sehr alt und sehr laut. Fandest du es nicht auch ein bisschen unheimlich?«

»Nein«, antwortete er fest, als wollte er dieses Thema von Anfang an klarstellen.

»Und es war kalt.«

Das konnte auch er nicht leugnen. »Die Frau hat gesagt, am Montag kommen Leute, um die Heizung zu reparieren.«

»Die Frau heißt Hattie.« Amber betrachtete das Notizheft, das auf dem Schreibtisch lag. Seit drei Stunden saß Herman schon im Arbeitszimmer, und er hatte es noch nicht einmal aufgeklappt. Er hatte seinen Laptop in die Schreibtischschublade gepackt und beschlossen, mit Stift und Papier zu arbeiten, weil sich das für ihn natürlicher anfühlte. Aber dann hatte er die Zeit damit vertrödelt, die ganzen Schubladen und Fächer zu erforschen und sich jedes Möbelstück genau anzuschauen, obwohl auf ihnen schon längst keine Spuren früherer Besitzer mehr zu finden waren. Er hatte seine Erstausgabe von *Der Erlöser* und sogar das Manuskript mitgebracht, das am Morgen von Gregory Burns' Tod auf dem Schreibtisch entdeckt worden war. Herman hatte es von einem Großneffen des Schriftstellers gekauft. Der Mann war spielsüchtig gewesen, was Herman beim Aushandeln des Preises zugutegekommen war. Allerdings hatte der Rest der Familie danach den Kontakt zu dem Neffen abgebrochen und alle weiteren Schriftstücke von Burns in Sicherheitsverwahrung genommen.

Das getippte Manuskript mit Burns' persönlichen Korrekturen hatte auf dem Schreibtisch gelegen, als sein Leichnam in der Speisekammer entdeckt worden war – der Schriftsteller hatte sich erschossen. Man glaubte, dass er bereits längere Zeit an Depressionen und seit dem großen Erfolg seines preisgekrönten Romans *Um die Wahrheit zu sagen* viele Jahre an einer Schreibblockade gelitten hatte. *Der Erlöser*, sein letztes Buch, wurde allgemein als sein Meisterwerk betrachtet, aber dennoch war Burns allein und in Armut gestorben – vielleicht ohne zu wissen, wie großartig sein Werk tatsächlich war, vielleicht aber auch, weil er wusste, dass er es nicht mehr hätte überbieten können.

»Hast du eigentlich schon einen Titel für dein Buch?«, fragte Amber in dem erneuten Versuch, Verbindung zu Herman aufzunehmen, denn seine Gedanken wanderten schon wieder zu den Dingen in seiner Umgebung und lockten ihn in eine andere Zeit, an einen anderen Ort.

»Das Buch heißt *Der Erlöste*«, antwortete Herman schließlich und fingerte an den Manuskriptseiten herum. So. Da war es heraus. Er hatte es ausgesprochen, laut, vor einem Zeugen. Und er mochte den Titel immer noch, war immer noch stolz darauf.

»Gefällt mir. Worum geht es?«

Einen Moment musste Herman überlegen. Das war eine bedeutende Frage. Bedeutender, als seine Frau ahnen konnte. Worum ging es in seinem Roman? Es ging um sehr viele Dinge – um Liebe, Verlust, gesellschaftliche Wahrnehmung, um die Zerbrechlichkeit der Liebe, die Kraft des menschlichen Geistes, um alles, worum es auch in Hermans Lieblingsromanen ging. Aber Ambers Frage umfasste noch etwas anderes, nämlich, wie er seine Botschaft übermitteln wollte.

»Es geht um einen Mann«, begann er und räusperte sich. »Einen Mann im viktorianischen England, der nach zehn Jahren Zwangsarbeit aus dem Gefängnis kommt und eine Welt betritt, die ihn irgendwie hinter sich gelassen hat.«

»Was hat der Mann denn verbrochen?«

»Er hat jemanden umgebracht.«

»Warum?«

»Das weiß ich noch nicht.«

»Wen hat er denn umgebracht?«

»Da bin ich noch nicht sicher.«

Amber presste die Lippen aufeinander und nickte ihm zu, eine Aufforderung weiterzureden.

»Bei seiner Entlassung ist er nur noch ein Schatten seiner selbst. Er will sein früheres Leben wieder aufnehmen, schafft es aber nicht. Er plant, den Gefängnisgeistlichen zu finden, der ihn besucht hat, und begibt sich auf eine Büßerreise, um sich der Liebe und Zuneigung derer, die er verletzt hat, wieder würdig zu fühlen.«

Erneut schweiften Hermans Gedanken ab, und er verlor sich in einem der zahlreichen Phantasiebilder von Amber und ihrem Liebhaber. Heiße, verschwitzte nackte Körper, ineinander verschlungen, in seinem Heim, unter seinem Dach, hinter seinem Rücken. Sie lachten ihn aus. Und danach besaß sie tatsächlich noch die Frechheit, das Bett auch weiterhin mit ihm zu teilen. Ihm wurde übel. Er konnte sie nicht anschauen.

»Und gelingt es ihm?«, fragte Amber mit zitternder Stimme, als hätte sie seine Gedanken gelesen.

»Gelingt ihm was?«, blaffte er sie an, plötzlich genervt von ihrer Gegenwart.

»Gelingt es ihm, sich ihrer Liebe und Zuneigung wieder würdig zu fühlen?«

Herman dachte nach, durchforschte seine Gehirnwindungen nach Gedanken und Ideen, aber nichts wollte sich zeigen, und so forschte er tief in seinem Herzen.

»Wir müssen einfach abwarten«, sagte er schließlich zerstreut und starrte aus dem Fenster.

Er hörte, wie Amber leise schniefte, dann spürte er, dass sie das Zimmer verließ, ebenso sanft und still, wie sie gekommen war.

IV

Amber stand im Wohnzimmer, eine Tasse Kaffee in der Hand, und starrte aus dem Fenster. Als Herman den Raum betrat, drehte sie sich nicht um.

»Mit wem hast du vorhin telefoniert?«, fragte er.

»Mit meiner Mutter.«

»Sie ist aber noch sehr spät auf.«

»Sie konnte nicht schlafen.« Noch immer drehte sie sich nicht um. Herman war sicher, dass sie log, und kochte innerlich schon wieder vor Wut. »Der Jeep ist da«, sagte sie.

»Ja, ich hab ihn gehört. Hat die Frau irgendwas wegen unserem WLAN gesagt?«

»Die Frau heißt Hattie und wartet auf Nachricht von der Installationsfirma.«

»Also ehrlich, wie lange dauert denn das hier?«

Jetzt wandte sie sich ihm endlich zu. Rasch zog er den Bademantelgürtel fester um seine Taille. Es war schon Mittag, und er hatte sich noch immer nicht die Mühe gemacht, sich anzuziehen, genauso wenig wie gestern. Er wollte sich mit seiner üblichen Routine von Duschen und Anziehen nicht von dem ablenken, was ihm am wichtigsten war – sofort nach dem Aufwachen in sein Arbeitszimmer zu gehen. Nicht dass er, wenn er dort war, viel anderes tat als aus dem Fenster in den rasch dunkel werdenden Tag zu starren. Amber wagte es nicht, ihn darauf anzusprechen, denn er war in den letzten Tagen ziemlich gereizt gewesen, noch gereizter als in den vorhergehenden Monaten, und sie hütete sich, ihn zu kritisieren.

»Wir könnten in die Stadt fahren und eine Bibliothek suchen. Dort findest du bestimmt die Bücher, die du für deine Recherchen brauchst. Außerdem wäre es schön, einfach mal rauszukommen und sich ein bisschen umzuschauen. Zu sehen, wo in aller Welt wir uns eigentlich befinden – ob wir überhaupt noch auf der Welt sind«, versuchte sie zu scherzen, brachte aber kein Lächeln zustande.

Herman tat so, als ließe er sich ihre Idee durch den Kopf gehen, obwohl er nicht die geringste Absicht hatte, das Haus zu verlassen, da er heute das sichere Gefühl hatte, dass sich mit seinem Buch etwas bewegte. Also murmelte er etwas von einer Tasse Kaffee, verließ rasch das Zimmer und ging in die Küche.

»Warum ziehst du nicht einfach alleine los und schaust dich ein bisschen um?«, rief er von nebenan, aber sobald die Worte über seine Lippen gekommen waren, bereute er sie auch schon wieder. Der Gedanke, dass sie ohne ihn etwas unternahm, ärgerte ihn. »Vielleicht lernst du ja jemand Nettes kennen«, fügte er gehässig hinzu.

»Deine Mutter hat gestern Abend angerufen«, sagte Amber und stand plötzlich hinter ihm.

»Hm?«

»Sie haben deinen Vater in der Klinik behalten, um noch mehr Untersuchungen zu machen.«

Sie wartete auf eine Reaktion von Herman, aber nichts dergleichen geschah. Stattdessen sah er auf die Uhr. »Jetzt ist es sowieso zu spät, um sie anzurufen, ich mach das nachher.« Er setzte sich an den Tisch. Sie beobachtete ihn.

»Meinst du, wir könnten uns ein zweites Auto zulegen?«, fragte sie.

»Wozu?«

»Für den Fall des Falles.«

»Wir haben einen Mercedes, der ist zuverlässig.«

»Nein, ich meine, für den Fall, dass ich unterwegs bin und du das Auto brauchst oder dass du unterwegs bist und ich das Auto brauche.«

»Ich glaube nicht, dass ich jemals so lange unterwegs sein werde, dass du nicht warten kannst, bis ich zurückkomme.«

»Bath ist eine Stunde entfernt, und es dauert ja schon zwanzig Minuten, um überhaupt zu unserem Tor zu kommen, ganz zu schweigen davon, unsere nächsten Nachbarn zu finden.«

»Also sorgen wir dafür, dass wir immer genug Zucker und Milch im Haus haben.« Er wollte lustig klingen, aber es hörte sich nur gemein an.

»Wenn du das Auto hast, würde ich einfach gern wegkönnen, wenn es nötig ist.«

»Wo willst du denn hin?«, fragte er und kniff argwöhnisch die Augen zusammen. Er dachte daran, wie er sie am Telefon vorgefunden hatte, als er die Treppe heruntergekommen war, wie sie mit leiser Stimme gesprochen und sofort aufgelegt hatte, als er den Raum betrat.

»Nirgendwo Bestimmtes. Das Haus hier ist so isoliert

und abgelegen, da würde ich mich einfach besser fühlen, wenn ich ein Auto zur Verfügung hätte, falls ich wegwill oder -muss.« Sie schlang die Arme schützend um sich, als wäre ihr auf einmal kalt.

»Ja, vielleicht wäre das eine gute Idee«, sagte er und ging mit seinem Kaffee zur Treppe. »Wir wissen ja beide, wie ungern du allein bist.«

Später, als er an seinem Schreibtisch saß, hörte er, wie die Haustür geöffnet und wieder geschlossen wurde, und als er zum Fenster ging, sah er, wie Amber sich in Regenmantel und Gummistiefeln auf den Weg zu der Wiese mit dem Taubenschlag machte. Eine halbe Stunde lang beobachtete er sie dort. Wahrscheinlich weinte sie, aber Herman konnte kein Mitgefühl in sich spüren, nicht das geringste bisschen Gefühl für die Frau, die er doch von Herzen liebte.

V

In der ersten Woche in dem alten Haus verlief Hermans Tag ungefähr nach folgendem Schema: Um die Mittagszeit wachte er auf, ging, nachdem er sich einen Kaffee geholt hatte, direkt hinauf in sein Schreibzimmer, blieb dort bis zum späten Nachmittag, duschte dann und zog sich an, sofern er die nötige Energie dafür aufbrachte, was meistens nicht der Fall war, und wenn es dunkel wurde, kehrte er ins Schreibzimmer zurück. Zwischen ihm und Amber herrschte meistens Schweigen. An manchen Tagen unternahm sie den Versuch, ein Gespräch in Gang zu bringen, was sich immer als sehr anstrengend erwies, und inzwischen war ihr klar, dass es nicht leicht werden würde, ihre Ehe zu retten. An anderen Tagen bemühte sie sich nicht um Kommunikation, kochte aber weiterhin für Herman, hielt sein Essen entweder auf dem großen Aga-Herd warm, den sie ansonsten noch immer nicht zu benutzen gelernt hatte, oder brachte es ihm gleich in sein Schreibzimmer. Auch das hing davon ab, wie viel Energie sie zu investieren imstande war.

Als Herman zu Beginn der zweiten Woche mittags die Treppe herunterkam, um sich seinen Kaffee zu holen, war Amber zum Weggehen angezogen, was sie – wie er, wenn auch nicht so extrem – schon einige Tage nicht mehr getan hatte.

»Was hast du vor?«

»Ich will mich endlich mal ins Dorf wagen und vielleicht noch ein Stückchen weiter – vorausgesetzt, ich fühle mich mutig genug, auf der falschen Straßenseite zu fahren. Wir haben fast nichts mehr zu essen im Haus, und ich werde sicher den ganzen Tag weg sein.«

»Ganz allein?«

»Na ja, ich hätte dich gefragt, ob du mitkommen möchtest, aber ich hatte nicht den Eindruck, als wolltest du deinen Bademantel verlassen – vom Haus ganz zu schweigen.« Wieder einmal war eine Bemerkung lustig gemeint, kam aber forciert heraus.

Herman erhaschte im Spiegel einen kurzen Blick auf sich selbst und war entsetzt. Seine dichten Haare waren wild zerzaust und hätten einen Friseurbesuch nötig gehabt, sein Kinn war unrasiert, sein Bademantel musste ebenso dringend in die Wäsche wie Herman unter die Dusche, aber er hatte keine Lust gehabt, irgendetwas zu tun oder irgendwohin zu gehen, sein Kopf war mit seiner Geschichte beschäftigt, hatte sich in einer konfusen, zusammenhanglosen Welt verirrt, die auf dem Papier einfach nicht lebendig werden wollte.

»Oh, wie ich aussehe«, seufzte er schließlich, setzte sich an den Küchentisch und gab allen Widerstand auf, den er an diesem Tag gegen seine Frau spürte. »Aber ich werde mich aufraffen, bis du wieder da bist.«

»Schon gut«, lächelte sie, ging zu ihm, stellte sich hinter ihn, legte ihm die Hände auf die Schultern und küsste ihn auf den Hinterkopf. Durch den Bademantel fühlten sich ihre Hände eiskalt an. »So ist es eben, wenn man mit einem Künstler verheiratet ist«, meinte sie scherzhaft und massierte sanft seine Schultern. Unter ihrer Berührung entspannte er sich ein wenig und spürte, wie sich ein vertrautes Verlangen nach ihr meldete. Vielleicht fühlte sie es ebenfalls, denn ihre Hände kamen abrupt zum Stillstand. »Hast du was aus dem Büro gehört?«, fragte sie und nahm ihm gegenüber am Tisch Platz.

»Ich habe denen gesagt, sie sollen mich nur im Notfall kontaktieren, womit ich den Weltuntergang meine – nein, ich habe nichts gehört.« Florrie, die seit zwanzig Jahren seine loyale Sekretärin war, leistete wie immer gute Arbeit und fing alle Mails und Anrufe ab. Bestimmt war das nicht leicht für sie, aber Herman hatte keinerlei Sehnsucht nach seinem Büro und auch nicht danach, mit jemandem dort Kontakt aufzunehmen. Das überraschte ihn und freute ihn auch, denn es war doch eine weitere Bestätigung dafür, dass es die richtige Entscheidung gewesen war, eine Auszeit zu nehmen.

»Wenn man das hier hört, könnte man leicht glauben, dass der Weltuntergang bevorsteht«, meinte Amber mit einem Kopfnicken zu dem kleinen Fernseher in der Küche, auf dem CNN lief. »Vielleicht solltest du wenigstens kurz nachfragen, ob alles in Ordnung ist.«

»Die würden schon anrufen, wenn es nicht so wäre. Wenn ich nicht da bin, ist Jeffrey viel kompetenter.«

»Aber Jeffrey ist längst nicht so kompetent wie du. Er braucht deine Entschlossenheit, deinen Verstand.«

»Das möchte ich eigentlich nicht hören, wo ich ihm doch meine Organisation zu treuen Händen anvertraut habe, Schatz.« Das Wort »Schatz« fühlte sich in seinem

Mund an wie Schmirgelpapier, und er trank schnell einen Schluck Kaffee.

Sie zuckte die Achseln. »Seit wir hier sind, ist dein Handy ausgeschaltet, du hast deine Mails nicht gecheckt, und ich weiß, dass du niemandem unsere Adresse hier gegeben hast. Wie soll Jeffrey dich denn erreichen, wenn er deine Hilfe braucht?«, fragte Amber und holte ihre Handtasche.

Herman nahm die Fernbedienung und stellte den Fernseher aus. Einen Moment herrschte Totenstille.

»Hast du deine Mutter angerufen?«

»Nein.«

»Warum nicht?«

»Hab ich vergessen.«

»Du musst sie anrufen.«

Er schaute sie an. »Warum? Gibt es irgendetwas, was ich wissen muss?«

Sie zog einen Stuhl heraus und setzte sich ihm gegenüber. »Es sieht nicht gut aus.«

»Vor ein paar Tagen hat es auch nicht gut ausgesehen – was hat sich also verändert?«

»Der Krebs hat auf die Bauchspeicheldrüse übergegriffen.«

Herman verdaute die Nachricht. Dachte an seinen sozial unbeholfenen Vater, den Landmenschen, eingesperrt in einer Privatklinik in der City, unter der Fuchtel von einem Trupp elitärer Besserwisser, die ihn piesackten und ihm Dinge erzählten, die er nicht verstand.

»Deine Mutter hat Schwierigkeiten, die ganzen Informationen zu verstehen, die sie ihr an den Kopf werfen. Sie wird allmählich … panisch.«

Seine Mutter, die sich so hingebungsvoll für andere aufopferte, immer nur gab und niemals nahm oder gar eine Gegenleistung einforderte. Schon daran zu denken war ihr peinlich.

»Aber die Mädels sind ja bei ihr«, argumentierte Herman, obwohl er das nicht wirklich wusste und die Bemerkung eigentlich mehr als Frage meinte.

»Anna Bell kümmert sich.«

»Anna Bell wird den Krebs wahrscheinlich in die Flucht schlagen.«

Aber Amber lachte nicht. »Sie hat gesagt, sie hat dich jeden Tag angerufen, mehrmals.«

»Ich hab mein Handy nicht angestellt, das hast du ja selbst gerade bemerkt. Und auch Anna Bell muss irgendwann mal das Prinzip der Zeitverschiebung begreifen. Es ist sinnlos, mich um vier Uhr morgens anzurufen, und was soll ich von hier aus denn tun? Du weißt doch, wie sie ist. Sie denkt, Amerika ist die ganze Welt.«

»Ich glaube, sie hätten dich einfach nur gern in der Nähe, weiter nichts. Sie verlangen nicht von dir, dass du ein Wunder vollbringst.«

»Tja, ich kann jetzt aber nicht. Wir sind erst seit einer Woche hier.«

Amber stand auf, schob den Stuhl ordentlich wieder unter den Tisch, und ihre präzisen Bewegungen gingen Herman plötzlich furchtbar auf die Nerven.

»Soll ich etwas für dich einkaufen?«

»Nein«, brummte er, aber als sie gerade die Tür hinter sich zumachen wollte, rief er: »Kaffee und Schreibpapier!«

»Das ist ein gutes Zeichen«, stellte sie erfreut fest, und

auf einmal änderte sich ihre Laune. »Hast du das Heft etwa schon vollgeschrieben?«

Er nickte.

Er hatte das Papier tatsächlich verbraucht: Es lag zu kleinen Bällchen zerknäult im Papierkorb neben dem Schreibtisch, und nicht einmal das erste Kapitel war fertig.

VI

Erst um acht Uhr abends kam sie wieder nach Hause, beschwingten Schrittes, mit leuchtenden Augen. Herman hörte sie beim Auspacken der Einkaufstüten vor sich hin summen. Gegen neun kam sie die Treppe herauf, und als sie ins Zimmer trat, stieg ihm der Geruch von frischem Kaffee und ihrem Chanel N° 5 in die Nase.

»Dachte ich's mir doch, dass ich dich hier finde«, sagte sie und stellte den Kaffeebecher auf den neuen Untersetzer, den sie gekauft hatte. Dann setzte sie sich in den Sessel neben ihn.

»Anscheinend hast du das Dorf also gefunden.«

»Ja, das hab ich, aber ich bin einfach durchgefahren. Da gab es weiter nichts als eine Post, eine Kirche und einen Pub. Also bin ich weiter nach Bath – eine hinreißende Stadt, Liebling, du solltest sie dir unbedingt ansehen. Ich hab mir sogar ein Paar Schuhe gekauft.«

Er lächelte. »Freut mich, dass bei dir wieder alles normal läuft.«

»Bei mir?«, fragte sie, offensichtlich verwundert. »Glaubst du, *ich* bin … na, ist ja egal. Wie geht es mit dem Schreiben vorwärts?«

»Hm.« Er nickte.

»Darf ich es mal lesen?«

»O nein. Nein. Es ist noch nicht fertig.«

»Wann kann ich es denn wohl lesen? Ich sag auch bestimmt nichts Blödes, was du nicht hören willst. Keine Kritik, es sei denn, du möchtest es. Ich gebe dir einfach ein bisschen Feedback, ich mache keine Änderungsvorschläge oder solchen Kram, ich sag dir höchstens, was ich mochte und was nicht … falls du Wert darauf legst. Aber hauptsächlich möchte ich es gern lesen. Ich möchte so gern zu deiner geheimen Welt gehören. Ich fühle mich so ausgeschlossen.«

Da war es wieder. Sie fühlte sich isoliert. Allein. Ausgeschlossen. Dauernd dieses Psycho-Gebrabbel.

Da er nicht antwortete, redete sie weiter. »Wie viel hast du denn schon geschrieben?«

»Mmmm.« Er tat so, als würde er nachdenken. In Wahrheit hatte er kein Wort geschrieben.

»Ich will dich ja nicht hetzen oder so, ich dachte nur, es wäre schön zu wissen, wann wir wieder nach Hause fahren … so ungefähr? Hast du irgendeine Vorstellung?« Sie versuchte, einen leichten, beiläufigen Ton anzuschlagen und unterstützende Fragen zu stellen, aber Herman hörte trotzdem, was sie wirklich meinte.

»Ich gebe es dir zu lesen, sobald es fertig ist«, war alles, was ihm zu sagen einfiel.

Sie schenkte ihm ein mattes Lächeln. »Danke. Meinst du …« Sie zupfte an ihrem Rock herum, nahm einen losen Faden ins Visier und zerrte daran herum. »Wenn du fertig bist, gehen wir doch zurück nach New York, ja? Ich hab immer angenommen, dass das der Plan ist, ich frage mich nur, wie … sehr es dich hier hält.«

»Mir gefällt es hier«, antwortete er schlicht. Damit meinte er, dass es ihm in diesem Haus, auf seinem Stuhl, in seinem Schreibzimmer gefiel, dass er gern auf die grünen Wiesen hinausblickte, ohne dort jedoch spazieren gehen oder sonst etwas machen zu wollen. »Das ist alles, was ich weiß.«

»Gut«, erwiderte sie lächelnd, obwohl das Lächeln ihre Augen wieder einmal nicht erreichte und im Handumdrehen erlosch. Seltsamerweise verstärkte ihre Reaktion in Herman den Wunsch, möglichst lange in diesem Haus zu bleiben – wodurch er sich selbst noch mehr hasste. »Ich hab dir auch das Notizheft mitgebracht«, sagte Amber und wühlte in einer Einkaufstüte. »Zur Sicherheit habe ich gleich zwei gekauft, du arbeitest ja so schnell.«

»Danke.«

»Und dann hab ich noch eine Kleinigkeit für dich. Eigentlich hab ich sie schon in New York gekauft, hatte aber keine Zeit mehr, etwas eingravieren zu lassen. Hattie hat sich letzte Woche darum gekümmert, und heute Morgen hab ich einen Anruf bekommen, dass alles fertig ist und abgeholt werden kann. Ich kann es immer noch nicht fassen, dass ich mich getraut habe, auf diesen schmalen Sträßchen rumzufahren. Aber egal – das hier ist für dich.«

Herman konnte sich überhaupt nicht auf das Geschenk konzentrieren, weil er ständig an Amber am Telefon dachte und nun hundertprozentig wusste, dass sie ihn angelogen hatte. Selbst wenn sie es ihm zuliebe getan hatte, musste ihr doch klar sein, dass es zwischen ihnen keine Geheimnisse mehr geben durfte.

Amber stellte eine Schachtel vor ihn auf den Tisch, und als er sie nur anstarrte, öffnete sie schließlich selbst den Deckel und holte eine Uhr heraus. Eine Rolex. Eine, die er einmal in einer Zeitschrift bewundert hatte. Amber drehte sie um und zeigte ihm die Gravur.

H. Mein Künstler.

In ewiger Liebe, A. xx

Plötzlich wurde er von seinen Gefühlen übermannt, aber er sagte nichts, denn er hatte einen dicken Kloß im Hals und wollte nicht, dass Amber etwas davon merkte. Deshalb nickte er nur kurz zum Dank, legte die Uhr dann in die große verschließbare Box zurück und klappte den Deckel zu. Amber war von seiner Reaktion so schockiert und verletzt, dass sie erst eine Weile stocksteif auf ihrem Stuhl saß und dann schweigend das Zimmer verließ. Sobald die Tür hinter ihr ins Schloss gefallen war, verfluchte Herman sich, weil er so lieblos gewesen war, aber er konnte einfach nicht anders, er war zu wütend. Die Wut wollte einfach nicht weggehen, im Gegenteil, manchmal hatte er sogar das Gefühl, dass sie stärker wurde. Er konnte diese Uhr nicht tragen, denn jedes Mal, wenn er daraufschaute, würde er daran denken müssen, was Amber getan hatte und warum sie ihm dieses Geschenk gemacht hatte, und außerdem ertrug er den Gedanken nicht, dass ihr »Künstler« noch keine einzige Zeile seines Projekts zu Papier gebracht hatte.

Angeheizt von all diesen Gefühlen und vor allem darauf bedacht zu beweisen, dass er nicht so wertlos war, wie er sich durch das Geschenk fühlte, nahm er das Notizbuch, das sie ihm mitgebracht hatte, und schrieb alles über die Geschichte auf, was ihm in den Sinn kam. Er skizzierte die Figur des Edwin Grey – sechsunddreißig Jahre alt, in Wohlstand geboren. Außerdem notierte er sich alle möglichen Fragen, zum Beispiel, wen dieser Edwin ermordet hatte und warum. Das zu entscheiden fiel ihm immens schwer, denn er wollte zwar einen Protagonisten erschaffen, der sich eine Gewalttat zuschulden kommen ließ, dafür bestraft wurde und Bilanz über sein Leben ziehen musste, aber gleichzeitig legte er Wert darauf, dass er als Autor und auch seine zukünftigen Leser Mitgefühl für ihn aufbringen und das Verbrechen nachempfinden konnten. Letztlich wollte er sie sogar dazu anregen, sich zu überlegen, ob sie womöglich selbst zu so etwas fähig wären. Edwin musste menschlich dargestellt werden, nicht als Monster, auch wenn sein Verhalten als solches verabscheuungswürdig war.

All das brachte Herman nun zu Papier, und zum ersten Mal hatte er das Gefühl, einen Schritt weitergekommen zu sein. Um Mitternacht hatte er nicht nur das aufgeschrieben, was er wusste, sondern – wichtiger noch – auch das, was noch zu klären war. Als er den Stift weglegte und die Schreibtischlampe ausschaltete, fühlte er sich zum ersten Mal seit seiner Ankunft wirklich zufrieden.

So stieg er ohne einen einzigen Gedanken an ihren früheren Zusammenstoß zu Amber ins Bett und kuschelte sich dicht an sie, um sie spüren zu lassen, dass er Sehnsucht nach ihr hatte. Sie wachte auf und drehte sich zu ihm um.

»Wie spät ist es?«, fragte sie schlaftrunken.

»Mitternacht«, antwortete er und ließ die Hand unter ihr T-Shirt gleiten, das sie im Bett immer trug, obwohl die Zentralheizung inzwischen funktionierte und sie sich zusätzlich noch eine Heizdecke und ein Heizgerät angeschafft hatten.

»Hast du deine Mutter angerufen?«, fragte sie und wandte den Kopf, während er ihren Hals küsste und ihren Slip über ihre Schenkel nach unten schob.

»Nein«, murmelte er.

»Anna Bell?«

Er ignorierte die Frage.

»Herman?«

Er hielt inne. »Nein. Okay?« Dann machte er dort weiter, wo er aufgehört hatte.

»Herman«, sagte sie wieder, und jetzt entzog sie sich ihm, hielt ihren Slip am Knie fest und zog ihn wieder hoch.

Er stöhnte frustriert und rollte sich auf den Rücken.

»Ich ruf sie nachher an, okay?«

»Nein, das ist überhaupt nicht okay. Jeden Abend erfindest du eine neue Ausrede, und heute hat dein Vater die Untersuchungsergebnisse bekommen. Heute war wichtig. Ich hab versprochen, dass du anrufst.«

Wieder stöhnte er, warf die Decke zurück und ging nach unten zum Festnetztelefon, weil er sein iPhone nicht anschalten wollte. Seine Schwester Anna Bell – Familienoberhaupt, Fels in der Brandung und Schaltzentrale der Familie Banks – meldete sich schluchzend. Herman seufzte und ließ sich auf dem Sofa nieder.

»Was hat sie gesagt?«, fragte Amber, als Herman wieder ins Schlafzimmer kam. Sie saß im Bett und hatte die Nachttischlampe angeknipst. Ihre Haare waren gebürstet, und Herman roch Creme auf ihrer Haut. Auch im Bad brannte Licht.

Er kroch zurück zu ihr ins Bett, setzte sich hin, und sie stopfte ihm ein paar Kissen in den Rücken.

»Die Ärzte sagen, sie können nichts mehr für ihn tun. Sie wollen dafür sorgen, dass er möglichst keine Schmerzen hat und in Ruhe heimgehen kann.«

Ambers Augen füllten sich mit Tränen. »O Herman, das tut mir so leid.«

Herman schwieg.

»Wie lange hat er noch?«

Er zuckte die Achseln. »Ein paar Wochen. Höchstens.«

»Was ist mit deiner Mutter?«, fragte sie und wischte sich die Augen trocken. »Wie geht es ihr?«

»Ich hab nicht mit ihr gesprochen. Anna Bell ist total aufgelöst, und die anderen natürlich auch. Wo Hank sich rumtreibt, weiß keiner, er ist unauffindbar. Aber das ist ja auch nichts Neues.«

»Weiß er Bescheid?«

»Hank?«

»Nein, dein Dad.«

»Inzwischen bestimmt.« Herman sah Amber an. Sie war so schön, und er sehnte sich so nach ihr. Wenn es doch nur wieder so werden könnte wie früher. Er griff nach ihrer Hand. Sie drückte kurz die seine, ließ sie aber gleich wieder los und stand auf.

»Dann buche ich jetzt den Flug.«

»Was denn für einen Flug?«

Sie stutzte. »Nach Hause.«

»Ich hab nicht gesagt, dass ich nach Hause will.«

»Aber Herman, dein Vater – er stirbt. Du kannst nicht einfach hierbleiben.«

»Aber was soll ich denn tun? Nach Hause fliegen und ein Wunder vollbringen? Ich bin machtlos. Mein Dad will mich nicht sehen. Schon wenn er eine Erkältung hat, mag er keine Leute um sich haben. Außerdem schreibe ich gerade an einem Buch, Amber, auch wenn du das vielleicht nicht wichtig findest. Ich hab alles aufgegeben …«

»Du schreibst doch überhaupt nicht«, schrie sie ihn plötzlich an. »Es gibt gar kein Buch! Ich war oben und habe es mir angesehen, und da steht nichts, Herman! Gar nichts!«

»Wie kannst du es wagen, ohne meine Erlaubnis meine Sachen anzuschauen?«, brüllte er zurück und stand ebenfalls auf.

»Darum geht es doch gar nicht«, kreischte sie mit schriller Stimme, ihre Augen funkelten, sie gestikulierte wild, und ihre Haare flogen. »Du hast es selbst gesagt – du hast alles aufgegeben für diese sinnlose Unternehmung, damit du leben kannst wie ein Verrückter, der sich nicht anzieht und nicht wäscht und nie an die frische Luft geht. Dein Vater liegt im *Sterben*, Herman, er braucht dich. Deine Firma, die Welt, alles bricht zusammen, man braucht dich!«

»Meine Firma hat als eine der wenigen weltweit immer noch Profite zu verzeichnen …«, begann er zu predigen, kam aber nicht weiter.

»Und was ist mit mir?«, fiel Amber ihm ins Wort. »Du hast gemeint, die Reise wäre gut für uns. Ich bin den ganzen Tag allein, ich habe nichts zu tun, du würdigst mich kaum eines Blickes, und du berührst mich nur, wenn du nachts ins Bett kriechst wie ein schmieriger alter … Grabscher.« Sie brach ab. Wieder klang ihre Stimme ganz untypisch schrill, und ihre Brust hob und senkte sich so heftig, als wäre sie gerade einen Marathon gelaufen. Doch dann, während sich ihr Herzschlag allmählich wieder beruhigte, wurde ihr klar, was sie gesagt hatte, und ihre Augen weiteten sich vor Entsetzen. »Herman, ich …«

Aber er rannte wortlos an ihr vorbei und knallte die Tür hinter sich zu. In dieser Nacht blieb er im Gästezimmer, tat jedoch kein Auge zu. Er war hellwach, und in seinen Gedanken tummelte sich nicht etwa das, was seine Frau gesagt hatte, sondern auf einmal war sein Roman in seinem Kopf lebendig geworden.

Die Hauptperson, Edwin, würde aus dem Gefängnis nach Hause kommen und entdecken, dass sein Vater in seiner Abwesenheit gestorben war. Und er würde sich niemals mit ihm versöhnen, niemals für seine Tat reinwaschen können.

VII

Anscheinend war Herman doch eingeschlafen, denn er wachte auf, driftete aus dem Schlaf in die Gegenwart hinüber. Seine Umgebung erschien ihm fremd, und es dauerte einen Moment, bis er sich erinnerte, wo er war.

Er verzichtete auf sein Morgenritual mit dem Kaffee-Abstecher in die Küche und ging direkt ins Schreibzimmer. Er war voller Ideen, die sich in der Nacht entwickelt hatten, die Worte explodierten fast in seinem Kopf und wollten aufgeschrieben werden. Amber werkelte unten herum, allerdings mit mehr Hingabe als sonst, und er hörte, dass sie hohe Schuhe oder Stiefel trug, etwas Förmlicheres jedenfalls als die Slipper, die sie sonst im Haus anhatte. Vermutlich hatte sie vor, irgendwohin zu fahren. Vielleicht zum Flughafen. Er wurde wütend; allein die Vorstellung, dass sie allein in New York war, wo dieser Parasit lauerte! Erhitzt, energiegeladen und mit dem Plan, die Uhr, die sie ihm geschenkt hatte, aus dem Fenster zu werfen, betrat er sein Schreibzimmer. Aber die Uhr war nicht da. Er stürmte hinaus auf den Treppenabsatz und brüllte nach unten: »Oh, wie erwachsen von dir, Amber, echt beeindruckend.«

Schritte näherten sich dem Fuß der Treppe, und mit schmaler Stimme fragte sie: »Was ist erwachsen?«

Sie stand unten an der Treppe, und er hatte sich nicht geirrt – sie war geschminkt und elegant gekleidet.

»Na, machst du dich mal wieder auf?«, rief er ironisch und begann auf dem Treppenabsatz auf und ab zu gehen. »Vielleicht hatten meine Bekannten doch recht mit dir. Nimm ruhig alles mit, was du tragen kannst, denn zu Hause kriegst du nichts mehr von mir, das verspreche ich dir.«

»Herman, was in aller Welt redest du denn da?«

»Die Uhr, Amber! Das blöde Geschenk, das du mir gestern so nett überreicht und heute wieder zurückgenommen hast. Übrigens genau wie unser Eheversprechen, fällt mir dabei ein«, fügte er mit einem bitteren Lachen hinzu.

»Ich hab die Uhr nicht genommen«, entgegnete sie leise. Jetzt klang ihre Stimme, als wäre sie ganz in der Nähe, aber er konnte sie nicht sehen, und einen Moment lang glaubte er, sie wollte ihn zum Narren halten. Hektisch suchten seine Augen die geschwungene Treppe ab, bis Amber endlich auf dem Absatz unter ihm auftauchte. Dort blieb sie stehen, blickte stumm zu ihm hoch, ihr hübsches, ängstliches, besorgtes Gesicht zu ihm emporgewandt. Sofort verpuffte seine Wut und verwandelte sich in Selbsthass.

»Ich hab dir die Uhr nicht weggenommen, Herman. So etwas würde ich niemals tun. Sie war doch ein Geschenk.«

Schweigen.

»Na ja, dann muss ich mich wohl entschuldigen.«

»Ich möchte nichts von dir, weißt du, das wollte ich noch nie. Ich möchte nur dich. Schon immer.« Ihre Stimme brach, und er wollte zu ihr gehen, fühlte sich aber zu ekelhaft. Auf einmal konnte er sich riechen, fühlte seine verschwitzten Achselhöhlen, seine ungewaschenen Haare, die plötzlich zu jucken begannen. Also blieb er lieber, wo er war.

»Tja, aber wir wissen doch beide, dass das nicht stimmt, oder?«

Sie seufzte und machte sich darauf gefasst, die immer gleiche Diskussion noch einmal zu führen, aber sie hätte sich keine Sorgen zu machen brauchen, denn Herman war schon bei einem anderen Thema.

»Ich glaube, wir sollten diese Frau anrufen. Hast du ihre Nummer?«, fragte er.

»Hattie. Ja, ich … aber … warum?«

»Weil anscheinend jemand hier eingebrochen ist und diese Frau uns bestimmt sagen kann, an wen wir uns wenden müssen.« Er blickte in sein Schreibzimmer und durchs Fenster auf die sanften Hügel hinaus. Wenn Amber die Uhr doch an sich genommen hatte, wäre das Einschalten der Polizei eine reelle Möglichkeit, sie zu überführen, und wenn nicht, dann mussten sie die Sicherheitsvorkehrungen im Haus verbessern. Amber sah ihn unsicher an, dann nickte sie entschieden – vielleicht war sie nicht in der Stimmung für eine weitere Auseinandersetzung. Langsam ging sie die Treppe wieder hinunter, um Hatties Nummer zu holen, während Herman noch einmal auf seinem Schreibtisch nachsah. Aber die Uhr blieb verschwunden. Jemand hatte sie weggenommen.

Herman duschte und zog sich an, beschloss aber, den

Bart zu behalten, denn er hätte schon immer gern einen getragen, aber hatte das Gefühl gehabt, dass so etwas nicht zu einem respektablen Geschäftsmann passte. Jetzt war die Gelegenheit, den üblichen Rahmen zu sprengen. Als er schließlich hinunterging, hörte er Amber wieder am Telefon sprechen, mit gedämpfter Stimme, und seine Nackenhaare sträubten sich. Genauso hatte er sie schon einmal ertappt, und sie hatte ihn angelogen und behauptet, sie hätte mit ihrer Mutter telefoniert. Die Tatsache, dass sie einen Anruf von dem Juwelier entgegengenommen hatte, der sie über die fertige Gravur informierte, tröstete ihn nicht im Geringsten – Amber hatte ihn angelogen, basta. Jetzt war ihre Stimme fast ein Flüstern, und dafür gab es nur einen einzigen Grund, nämlich, dass sie nicht von ihm belauscht werden wollte. Er schlich sich von hinten an sie heran, packte ihre Hand, die das Telefon hielt, und sie erschrak so, dass sie es sofort losließ. Herman fing es geschickt auf und hielt es ans Ohr, ohne den Griff um ihr Handgelenk zu lockern, der – das sah er nur allzu deutlich an ihrem schmerzverzerrten Gesicht und an der Art, wie sie sich krümmte – viel zu fest und geradezu brutal war.

»Hallo«, rief er mit drohender Stimme in den Apparat und staunte selbst, dass er so viel ruhiger klang, als er sich fühlte. In seiner Brust klopfte das Herz wie verrückt, sein Kopf war heiß, während seine Frau sich weiterhin aus seinem handschellenartigen Klammergriff zu befreien versuchte.

Am anderen Ende der Leitung herrschte Schweigen.

»Hab ich dich erwischt, was?«, rief er triumphierend.

»Äh, hallo?«, antwortete eine Frauenstimme. »Wer

sind Sie denn? Ist die Leitung gestört? Mit wem spreche ich, bitte?« Es war Hattie.

Völlig verdutzt lockerte Herman seinen Griff. Amber war frei und begann ihr Handgelenk zu massieren. Herman wusste nicht, was er sagen sollte – er war so *sicher* gewesen!

»Hier ist Herman Banks«, meldete er sich in selbstbewusstem Ton, ohne zu wissen, wie er das schaffte. »Ich dachte, Amber spricht mit jemandem von zu Hause, und wollte einen Scherz machen. Entschuldigen Sie bitte. Dann hat Sie Ihnen also schon von unserem Problem erzählt?«

»Das mit der Uhr?«

»Ja.«

»Aber sicher, wir haben gerade darüber gesprochen …«

»Können Sie uns denn bitte jemanden mit entsprechenden Befugnissen bei der Polizei empfehlen?«

»Ja, ich kenne tatsächlich jemanden bei der Polizei, direkt aus der Nähe. Ich schicke Ihnen umgehend jemanden rüber.«

»Gut. Danke.«

Als Herman auflegte, kam Amber mit rotgeränderten Augen aus der Toilette. Die Finger der malträtierten Hand hingen schlaff herunter, sie hielt das Gelenk noch immer umfasst. Auf Herman wirkte sie fast geisterhaft.

Er dachte an alle möglichen Entschuldigungen, die er vorbringen konnte – vorbringen musste! –, aber dann fiel ihm wieder seine Eifersucht ein, seine Paranoia und natürlich der Grund dafür. Es war alles Ambers Schuld, sie hatte ihn dazu gebracht, sich so zu benehmen. Was sie getan hatte, war der Grund für sein unangemessenes Verhalten, damit musste sie leben, sie musste mit den Konsequenzen ihres Betrugs fertig werden, musste die Suppe auslöffeln, die sie sich selbst eingebrockt hatte.

»Sie gibt gleich jemandem Bescheid«, sagte er deshalb nur und legte ihr Handy auf den Küchentisch.

»Bist du sicher, dass das eine gute Idee ist?«, fragte Amber, und ihre Stimme war leise und heiser.

»Warum denn nicht?«, fragte er verwirrt.

»Findest du es nicht ungewöhnlich, dass jemand bei uns eingebrochen ist und nur deine Uhr mitgenommen hat? Dass der Eindringling all die anderen Sachen, die er hätte mitnehmen können – Plasmafernseher, Bilder, Schmuck –, nicht beachtet hat und stattdessen zwei Stockwerke zu deinem Schreibzimmer hinaufgestiegen ist, nur um eine einzige Uhr zu stehlen? Eine Uhr, die ich dir gerade erst geschenkt habe? Eine Uhr, die du nicht mal haben wolltest? Findest du das nicht seltsam, Herman?«

Es gefiel ihm nicht, wie sie ihn anschaute, wie sie mit ihm redete.

»Amber, mir gefällt dein Ton nicht«, sagte er warnend. »Es gefällt mir nicht, was du damit andeuten wi–«

»Ich hab keine Ahnung«, fiel sie ihm ins Wort. »Ich kenne mich überhaupt gar nicht mehr aus mit dir!«

In diesem Augenblick klingelte es lang und schrill an der Tür. Der Ton brachte sie zum Schweigen, und auf einmal wurde Herman bewusst, dass sie sich angeschrien hatten. Amber rannte zurück zur Toilette, Herman öffnete die Tür, und ein kalter Wind fuhr ihm ins Gesicht.

Eine Frau Anfang vierzig, hochschwanger unter einer

wattierten Northface-Jacke, mit roter Nase und roten Ohren, starrte ihm entgegen.

»Kann ich Ihnen helfen?«

»Ich hoffe sehr, dass ich Ihnen helfen kann«, sagte die Frau lächelnd, zog die Hände aus der Tasche und hauchte sie an.

»Wir kaufen nichts«, blaffte Herman und wollte die Tür schließen.

»Oh, das Gesetz hat keinen Preis, Mr Banks«, sagte die Frau munter, und er machte die Tür wieder auf.

»Wie bitte?«

Sie streckte ihm die Hand hin. »Detective Chief Inspector Barrie. Hattie Brown hat mich angerufen, sie sagt, bei Ihnen ist eingebrochen worden. Mein Sergeant stellt gerade nur noch den Wagen ab. Er muss dringend das Rückwärtseinparken üben.« Sie deutete mit dem Daumen über ihre linke Schulter, und jetzt erst bemerkte Herman das Auto und den jungen Mann im Anzug, der gerade ausstieg.

»Oh. Kommen Sie rein«, sagte er, schüttelte die ausgestreckte Hand und trat beiseite, um Platz für die Polizistin und ihren Kollegen zu machen. Der rannte die letzten Schritte zum Haus und nickte Herman wortlos zu, als er über die Schwelle trat.

»Schönes Haus«, bemerkte DCI Barrie und schaute sich um. »Ich habe es noch nie von innen gesehen, nicht mal als Museum. Ich lese nicht viel und schaffe mit Müh und Not die Polizeiberichte – es gibt doch nichts Schöneres zum Einschlafen als einen hübschen Obduktionsbericht, stimmt's, Maxwell?« Sie lachte leise und wandte sich an den Sergeant. »Aber ich glaube, jetzt ist das Haus in wesentlich besserem Zustand als je zuvor. Oh, entschuldigen Sie, Sie kennen sich ja noch gar nicht. Mr Banks, das ist Maxwell. Er macht ein Praktikum und folgt mir auf Schritt und Tritt, um herauszufinden, ob er wirklich Polizist werden möchte.«

»Ich bin Detective Sergeant Jones«, stellte der junge Mann sich vor, hielt Herman die Hand hin und reagierte nicht auf ihre Witzelei.

»Bitte folgen Sie mir«, forderte Herman die beiden auf. Er fühlte sich überrumpelt, war nicht darauf vorbereitet gewesen, dass die Polizei so schnell eintreffen würde, und fragte sich, ob die beiden den Streit mit Amber gehört hatten. Die Frau vermutlich schon, denn sie hatte direkt vor der Tür gestanden. Aber falls es so war, ließ sie sich nichts davon anmerken.

Er führte die beiden Besucher in den Salon und forderte sie auf, Platz zu nehmen, aber DCI Barrie wanderte ungeniert weiter im Zimmer umher, nahm hier und dort etwas in die Hand, machte Herman Komplimente wegen seines guten Geschmacks und spekulierte über den Wert einiger Gegenstände.

Kurz darauf gesellte sich Amber zu ihnen, und Herman sah, dass sie alles daransetzte, sich nicht anmerken zu lassen, dass sie geweint hatte.

»Hallo«, sagte sie leise und schaute vom einen zum anderen.

»Ah, Sie sind bestimmt die Herrin des Hauses. Ich bin DCI Barrie«, begrüßte die Polizistin sie.

Sie schüttelte Amber die Hand, aber Amber zuckte zurück und griff sich wieder ans Handgelenk. »*DCI …?*« verwirrt sah sie Herman an.

»Oh, Sie sind Amerikanerin«, lachte die Polizistin. »DCI steht für Detective Chief Inspektor, und das hier ist Maxwell, mein Gehilfe.«

»DS Jones«, stellte der junge Mann sich sachlich vor und gab Amber ebenfalls die Hand. »Sergeant Jones.«

»Oh. Detective Chief Inspector«, wiederholte Amber mit großen Augen.

»Ich weiß, Sie haben sicher keine Frau erwartet, richtig? Es gibt ja auch nur eine Handvoll von uns, und es ist uns eine Ehre, dass Helen Mirren uns in *Prime Suspect* repräsentiert. Wenn auch nicht ganz realistisch, denn das letzte Mal, als ich Oberschenkel hatte wie sie, da war ich in der Ausbildung, aber eines Tages wird dieser junge Mann hier mich ja ablösen.« Sie wuschelte Maxwells Haare. »Eines Tages wird das alles dir gehören, Max.«

»Sind Sie nicht sehr … sehr hochrangig für diese Geschichte? Ich meine, vielleicht ist jemand hier eingebrochen, aber ermitteln Sie nicht normalerweise in anderen Fällen, Fällen wie …«

»Mord? Ja, schon.« Sie lachte. »Aber ich dachte, es wäre eine gute Gelegenheit, unsere neuen Nachbarn kennenzulernen, mich vorzustellen und Ihnen meine Karte zu geben.« Sie kramte in ihren Taschen und brachte einen Schnuller, einen einzelnen Handschuh und eine Visitenkarte zum Vorschein. »Da ist sie ja«, verkündete sie, klaubte einen Lutscherstiel von der Karte und überreichte sie Amber.

»Wir waren gerade in der Gegend«, erklärte Maxwell. »Meine Kollegin hatte heute früh einen Termin beim Frauenarzt. Die Praxis ist ein Stück die Straße runter, und ich musste sie fahren.«

DCI Barrie verzog indigniert den Mund angesichts des indiskreten Kommentars ihres Kollegen, fing dann aber an, sich aus ihrer Jacke zu schälen. Jetzt erst bemerkte Amber ihren dicken Bauch.

Ihre Augen wurden groß. »Herzlichen Glückwunsch.«

»Ach«, wehrte Barrie mit einer wegwerfenden Handbewegung ab. »Nach dem dritten hört man auf zu feiern.«

»Sie haben schon drei Kinder?«

»Nein, ich habe fünf.«

»Meine Güte, wie schaffen Sie das bloß?«

»Ist ganz einfach. Ich bin eine tolle Polizistin und eine schauderhafte Mutter«, erklärte sie grinsend. »Pech für meine Kinder, aber gut für Sie. Also. Was können wir für Sie tun?«, wandte sie sich dann wieder an Herman. »Ihre Frau meint also, bei Ihnen ist *möglicherweise* jemand eingebrochen?«

Herman warf Amber, die immer noch ihr Handgelenk massierte, einen genervten Blick zu. »Na ja, meine Frau irrt sich – natürlich ist jemand bei uns eingebrochen. Anders wäre es nicht zu erklären, dass meine Uhr verschwunden ist.«

»Okay.« DCI Barrie sah Amber an, während sie Herman Fragen stellte, und Herman betete zu Gott, dass Amber endlich aufhörte, ihr Handgelenk zu reiben, und etwas munterer wurde. »Wo war die Uhr denn?«

»Im zweiten Stock in meinem Schreibzimmer.«

»In Ihrem Schreibzimmer?« Das Gesicht der Polizistin begann zu strahlen. »Ich wusste ja gar nicht, dass Sie schreiben, Mr Banks. Exklusivinformation, Maxwell, schreib das auf.« Sie stieß ihren Partner an.

Er nickte, schien aber wenig beeindruckt zu sein.

»Ja, ich bin hierhergezogen, das heißt natürlich, *wir* sind hierhergezogen, damit ich Zeit habe, den Roman zu schreiben, den ich schon immer schreiben wollte«, erklärte Herman ein bisschen verlegen.

»Das ist ja wunderbar«, rief DCI Barrie. »Ich wünschte, mein Mann würde sich auch mal die Zeit nehmen, all das zu tun, was er schon immer tun wollte. Andererseits könnte das natürlich ins Auge gehen, denn dann würde er mich höchstwahrscheinlich verlassen. Also – was ist es denn für eine Uhr?«

»Eine Rolex. Ein Geschenk von meiner Frau, in einer verschließbaren schwarzen Schweinslederbox. Sie war über hunderttausend Dollar wert.«

DCI Barrie stieß einen leisen Pfiff aus. »Das ist eine Menge Schotter, stimmt's, Maxwell? Wie viel wäre das in Pfund …« Sie sah an die Decke und begann im Kopf zu rechnen.

»Um die sechzigtausend«, antwortete Maxwell, ohne den Blick von seinem Notizblock zu heben.

»Ja, so ungefähr. Vielleicht so einundsechzig, zweiundsechzig?«

»Um die sechzigtausend eben«, wiederholte Maxwell gelangweilt.

»Ich kenne den aktuellen Umrechnungskurs nicht, aber Sie vielleicht schon, Mr Banks. Fahren Sie doch bitte fort.«

Herman schaute die beiden etwas verwirrt an, denn er fragte sich, ob sie das alles ernst meinten. Jedenfalls verzogen sie keine Miene. »Meine Frau hat etwas in die Uhr eingravieren lassen.« Er sah Amber an. »Was war das noch mal, Schatz?«

Sie erwiderte seinen Blick und schluckte. »›H. Mein Künstler. In ewiger Liebe, A.‹«

»*H.* – das sind dann vermutlich Sie«, stellte DCI Barrie fest und deutete auf Herman.

»Ja.«

»Und Sie sind demzufolge *A.*«

»Ja.« Amber brachte nicht mehr als ein Flüstern zustande und räusperte sich nervös.

»Und Sie sind der Künstler, weil …«

»… weil ich ein Buch schreibe«, ergänzte Herman, diesmal noch verlegener.

»Na, das ist ja wirklich nett.« DCI Barrie lächelte und blickte zwischen den beiden hin und her. »Haben Sie Überwachungskameras im Haus?«

»Nein«, antwortete Herman kopfschüttelnd.

»Das wäre aber bestimmt eine gute Idee«, meinte Barrie. »Im Allgemeinen ist Litherly eine sichere Gegend, aber ein Haus wie das hier ist natürlich eine Zielscheibe, vor allem, wenn man weiß, wer hier wohnt. Prominenz ist für Kriminelle immer eine Zielscheibe. Wohlgemerkt – von mir wird niemand etwas erfahren, meine Lippen sind versiegelt. Aber bei Maxwell bin ich mir nicht so sicher, ein paar Whiskys, und schon erzählt er alles, was man wissen möchte.« Auf Maxwells Oberschenkel gestützt, erhob sie sich mühsam. »Darf ich das sogenannte Schreibzimmer mal anschauen?«

Auf der Treppe nach oben musste sie dreimal haltmachen, um zu verschnaufen, und als sie schließlich oben war, marschierte sie schweigend in Hermans Arbeitszimmer. Dort schaute sie als Erstes aus dem Fenster. »Ziemliche Kletterei, wenn die da reingekommen sind.

Aber wenn es so war, dann müssen sie geplant haben, sich genau dieses Zimmer vorzunehmen. Gibt es hier sonst noch irgendwelche Wertgegenstände?«

»Meinen Laptop, aber der ist noch da. Dann besitze ich Manuskripte von Gregory Burns und eine Erstausgabe von *Der Erlöser*«, erklärte Herman.

Barrie nickte, war aber nicht beeindruckt. »Hast du das Buch gelesen, Maxwell?«

»Ja, in der Schule.«

»Worum geht es da eigentlich?«

Ihr Partner sah sie müde an. »Ich weiß es nicht mehr.«

»Dann glaube ich dir auch nicht, dass du es gelesen hast. Mr Banks, könnte irgendjemand wissen, dass Sie das Originalexemplar besitzen?«

Herman schüttelte den Kopf. »Abgesehen von dem Mann, der es mir verkauft hat, natürlich. Andererseits wusste er nicht, wer ich bin.«

Barrie schwieg nachdenklich.

»Warum denken Sie eigentlich, dass nur *vielleicht* ein Einbrecher im Haus war, Mrs Banks?«, fragte sie dann, scheinbar ganz in die Betrachtung einer Schreibmaschine versunken, ohne sich zu Amber umzudrehen. Sie begann auf den Tasten herumzuklimpern, was Herman ärgerte. Aber er biss sich auf die Zunge.

»Oh, ähm, nur, weil sonst nichts gestohlen worden ist.«

»Genau!«, rief DCI Barrie und drehte sich blitzschnell um. Sie freute sich, als wäre sie nicht selbst längst auf diese Erklärung gekommen. »Das ist ein sehr gutes Argument. Und Sie haben unten eine sehr schöne Kunstsammlung, nicht wahr?«

»Picasso, ein paar Bilder von Damian Hirst.«

»Ja, sehr schön. Und der Plasmafernseher an der Wand ist auch nicht zu verachten. Sie haben doch bestimmt mehrere?«

»In den meisten Zimmern steht einer, ja. Und im Bad.«

DCI Barrie sog hörbar die Luft durch die Zähne. »Und was ist mit den Kronleuchtern? Sind die echt Kristall?«

»Ja.« Amber lächelte.

»Dachte ich mir. Und ich wette, Sie haben auch ein paar hübsche Schmuckstücke, Mrs Banks, ich sehe da beispielsweise einen ganz ansehnlichen Klunker an Ihrem Finger. Ich verstehe zwar nichts von Diamanten, für meine Augen könnte er auch aus einem Überraschungsei stammen, aber ich würde trotzdem meine Hand dafür ins Feuer legen, dass er echt ist.«

»Danke«, erwiderte Amber lächelnd. »Ja, Herman ist sehr großzügig.«

»Dann wundere ich mich wirklich, warum der Eindringling sonst nichts mitgenommen hat. Ja, es muss irgendwas mit diesem Zimmer hier zu tun haben.« Sie verstummte wieder und begann, diverse Schubladen aufzuziehen. »Stört es Sie, wenn ich …?«

»Nein, nein, nur zu.« Herman trat ein paar Schritte zurück und beobachtete, wie DCI Barrie eine leere Schublade nach der anderen inspizierte. Er war frustriert von dem Mangel an Fortschritten und auch von Barries unkonventionellem Befragungsstil. »Ich habe eine Theorie – darf ich?«, erkundigte er sich nach einer Weile.

»Aber selbstverständlich, gerne.« Sofort hörte die Polizistin auf zu suchen.

»Ich dachte, es wäre möglich, dass jemand meiner

Frau vom Juwelierladen hierher gefolgt ist. Das war gerade gestern.«

»Ah, es war also ein ganz neues Geschenk.« Barrie wandte sich an Amber.

»Ja. Um ihm Glück fürs Schreiben zu wünschen.« Amber schlang schützend die Arme um sich. »Ich habe die Uhr in New York gekauft, aber hier gravieren lassen.«

Barrie ließ sich die Bemerkung durch den Kopf gehen. »Und gestern haben Sie sie abgeholt und hergebracht.«

»Ja, gestern Abend, gegen acht bin ich zurückgekommen. Falls mir jemand gefolgt ist, habe ich es nicht bemerkt.« Sie zupfte nervös an ihren Haaren herum. »Andererseits habe ich mich natürlich total auf die Straße konzentriert. Ich bin es nicht gewohnt, links zu fahren. Tut mir leid, ich fürchte, ich bin keine große Hilfe.« Sie sah zu Herman.

»Wenn du die Stellen, wo du gestern warst, noch mal durchgehst, könnte die Polizei vielleicht die Bänder der Überwachungskameras der betreffenden Gegend anschauen und sich erkundigen, ob jemand etwas gesehen hat«, schlug Herman vor.

Amber musterte ihn mit zusammengekniffenen Augen.

DCI Barrie schaute zwischen ihr und Herman hin und her.

»Äh. Jetzt gleich? Soll ich Ihnen alles aufzählen, wo ich war?«

»Ja, warum denn nicht«, drängte Herman.

»Ich glaube eigentlich nicht, dass das notwendig ist, Mr Banks. Es ist schon möglich, dass jemand Ihrer Frau gefolgt ist, wie Sie es vermuten, aber wir haben im Augenblick keine Möglichkeit, das zu beweisen und herumzufragen – wo waren Sie eigentlich, Mrs Banks?«

»In Bath.«

»Ah, in Bath.« DCI Barrie lächelte. »In Bath rumzufragen, ob jemand gesehen hat, wie Ihnen jemand gefolgt ist, wäre zwar praktisch, aber es würde auch ein bisschen der Suche nach der Stecknadel im Heuhaufen ähneln. Bath ist ziemlich groß, und ich bin sicher, dass Mrs Banks sich nicht an jede einzelne Stelle erinnert, wo sie gestern gewesen ist, ganz gleich, wie sehr sie sich bemüht, denn sie war ja wohl zum ersten Mal dort und musste sich erst mal zurechtfinden. Hab ich recht, Mrs Banks?«

Amber nickte und schien ein bisschen erleichtert zu sein. »Herman und ich waren noch ziemlich lange wach. Hermans Vater liegt im Krankenhaus, und wir haben mit seiner Familie zu Hause in New York telefoniert. Erst gegen eins sind wir ins Bett gegangen, und ich war um sechs schon wieder auf, weil ich nicht schlafen konnte.«

»Dann denken Sie also, dass der Diebstahl zwischen eins und sechs passiert sein muss?«

Amber nickte und schaute wieder zu Herman.

Auch er nickte. »Das klingt einleuchtend.«

»Und wo liegt Ihr Schlafzimmer im Verhältnis zu diesem hier?«

»Wir sind im ersten Stock, direkt hier drunter«, erklärte Amber. »Obwohl …« Sie sah Herman an, fast so, als würde sie ihn um Erlaubnis bitten, aber er hatte keine Ahnung, wofür. Sie räusperte sich. »Gestern Nacht hat Herman im Gästezimmer übernachtet, das geht nach hinten raus«, gestand sie verlegen.

»Okay, das ist ein sehr hilfreicher Hinweis«, meinte DCI Barrie und musterte die beiden. »Ich denke, wir müssen jetzt erst einmal überprüfen, ob es sonst noch irgendwelche Aktivitäten in der Gegend gegeben hat, dann können wir sehen, ob es etwas mit Ihrer verschwundenen Uhr zu tun hat. Ich würde vorschlagen, dass Sie ein Alarmsystem einbauen lassen, um weiteren Straftaten vorzubeugen oder uns gegebenenfalls wenigstens bei den Ermittlungen zu helfen. Hattie kann Ihnen bestimmt die Adresse von einem guten Sicherheitsunternehmen geben, sie arbeitet ja ständig mit denen zusammen, und wir halten Sie natürlich über unsere Fortschritte auf dem Laufenden. Wie wäre das?« Sie streckte die Hand aus.

Herman schüttelte sie zögernd.

»Darf ich bitte noch kurz Ihre Toilette benutzen, ehe ich gehe? Es würde mich nicht überraschen, wenn man mir mitteilt, dass das Baby in meiner Blase haust.«

Amber lachte leise.

»Oh, schau sich das mal einer an«, wechselte DCI Barrie dann erneut etwas abrupt das Thema. »Sie sind ja echt von der alten Schule, Mr Banks! Unglaublich, dass die alte Underwood noch funktioniert.«

»Wie bitte?« Herman sah zu der Polizistin, die an seinem Schreibtisch stehen geblieben war, und seine Nackenhaare sträubten sich.

Neben der 1930er Underwood-Maschine lag ein kleiner Stapel getippter Seiten. Herman nahm die erste in die Hand und las.

Der Erlöste
Kapitel 1

Edwin Grey stieg auf das Tretrad von Bedford Gaol, dem großen Londoner Gefängnis, um den ersten Tag seiner dreimonatigen Zwangsarbeit anzutreten. Er war zu zehn Jahren verurteilt, anfangs in Isolationshaft, wo man ihn gezwungen hatte, die Kurbel zu drehen - eine qualvolle, nutzlose Schinderei, die letztlich keinem anderen Zweck diente, als die Seele des Gefangenen zu zerstören. Die Kurbel bestand aus einem großen Griff mit einem Zählwerk und war mit einem Getriebe verbunden, das eine Schaufel wie eine Rührstange durch eine mit Kies gefüllte Trommel zog; diese musste von dem Gefangenen zehntausendmal am Tag gedreht werden. Gelegentlich zogen die Wärter die Kurbel fester, so dass es schwerer wurde, sie zu drehen. Vor dem Frühstück musste Edwin die Kurbel zweitausendmal drehen, vor dem Mittagessen dreitausendmal, erneut dreitausendmal vor dem Abendessen und dann noch zweitausendmal, um danach endlich zu Bett gehen zu dürfen. Nicht dass das Essen und das Bett die ganze Mühe wert gewesen wären, aber wenn er auf beides verzichtete, war es unmöglich zu überleben. Edwins Handgelenke waren wundgescheuert, und aufgrund von Unterernährung und Isolation -

abgesehen von den Gefängniswärtern, die ihn mit Hohn und Spott überschütteten, wenn sie die Schrauben an der Kurbel anzogen, bekam er keinen Menschen zu Gesicht - litt er unter Wahnvorstellungen. Nun aber hatte er die Phase dieser sinnlosen Quälerei hinter sich gebracht und stand in einer kleinen Zelle mit einer Tretmühle, bereit für den nächsten Abschnitt seiner Strafe. Er hörte das schwere Atmen und gelegentliche Stöhnen der anderen Gefangenen aus den Nachbarzellen, und obgleich jede Kontaktaufnahme strengstens untersagt war, würde er mit der Zeit trotzdem lernen, sich mit ihnen zu verständigen, um sporadisch Neuigkeiten aus der Welt draußen zu erhalten. Das Tretrad bestand aus einem großen hohlen Holzzylinder, der mit etwa zwanzig Zentimeter hohen Stufen ausgestattet war. Wenn man sich in dem Metallrahmen an den Handläufen rechts und links festhielt, brachte das eigene Gewicht die Mühle, deren Widerstand unterschiedlich eingestellt werden konnte, in Schwung. Edwin musste zehn Minuten treten, fünf Minuten pausieren, dann wieder zehn Minuten treten und so weiter, und diesen Ablauf drei Monate lang zehn Stunden pro Tag durchhalten. Natürlich war es wieder eine Quälerei: Anfangs rutschten die Füße ständig von den Stufen, und Edwin brauchte eine Weile, bis er den richtigen Rhythmus und sein Gleichgewicht gefunden hatte, um den Tag einigermaßen unbeschadet zu überstehen. Aber wenn er am Abend wieder in seine elende Zelle gesperrt wurde, ohne duschen zu können, wenn er sein spärliches Essen zu sich nahm, das ihn nicht wirklich nährte, und sich dabei die schmerzenden Beine und Gelenke massierte, bereute er dennoch keine Sekunde, was er getan und was ihn hierhergebracht hatte – den Mord an seiner Frau, die er geliebt und die ihn betrogen hatte.

Herman rang nach Luft und legte die Blätter beiseite.

»Alles in Ordnung, Mr Banks?«

Irritiert sah er DCI Barrie an. »Haben Sie das hierhergelegt?«

»Wie bitte? Nein. Das war schon da, als wir ins Zimmer gekommen sind. Ich lese nicht, und schreiben tu ich noch viel weniger. Gehört das nicht Ihnen?«

Herman betrachtete den Seitenstapel und versuchte sich krampfhaft daran zu erinnern, was er letzte Nacht getan hatte. Nein. Er hatte lediglich seine Ideen und Fragen notiert, diese Geschichte hatte er nicht geschrieben.

»Gehört das nicht Ihnen, Mr Banks?«, wiederholte DCI Barrie ihre Frage in noch etwas dringlicherem Ton.

»Ob das von mir ist? Ja, natürlich. Ja, das sind meine Ideen, obwohl …« Herman sah die Polizistin an, dann warf er Amber einen fragenden Blick zu. Hatte sie die Seiten vielleicht heimlich getippt? Aber sie schaute ihn nur verwirrt und besorgt an. Sein Kopf fühlte sich heiß an, er schwitzte. Ihm war schwindlig. »Tut mir leid«, meinte er kopfschüttelnd. »Ich fürchte, ich bin ein bisschen durcheinander. Haben Sie …?« Doch als er Maxwells Blick begegnete, begriff er, dass es besser war, den Mund zu halten.

»Wenn das hier nicht aus Ihrer Feder stammt, Mr Banks, sagen Sie es mir bitte, denn dann nehme ich das Zeug besser mit aufs Revier. Kann ich es mal sehen? Handelt es sich womöglich um einen Drohbrief? Oder eine Lösegeldforderung? Was ist es denn nun?«

»Nein, nein, es ist eine Geschichte … meine Geschichte«, erwiderte Herman hastig, nahm den Papierstapel und drückte ihn fest an die Brust, damit niemand etwas lesen konnte. »Tut mir sehr leid, aber mir ist auf einmal ziemlich flau im Magen.«

»Du hast ja heute auch noch nichts gegessen, Herman«, sagte Amber und nahm fürsorglich seinen Arm. »Komm mit nach unten und setz dich aufs Sofa, ich koche etwas für dich. Entschuldigen Sie uns bitte«, fügte sie, an DCI Barrie und DS Jones gewandt, hinzu.

»Kein Problem, wir wollten sowieso gerade gehen. Ich hoffe, Mr Banks fühlt sich bald besser.«

»Na, das war ja wohl die reine Zeitverschwendung«, sagte Maxwell zu DCI Barrie, als sie Amber zum Abschied zuwinkten und die hochschwangere Polizistin sich mit Mühe in den Wagen zwängte. »Warum in aller Welt sind wir denn so lange geblieben?«

»Ich weiß nicht, wahrscheinlich verbringe ich einfach gerne Zeit mit reichen Menschen, das macht mir Spaß. Und der Kaffee war hervorragend.«

»Und, was denken Sie?«, fragte Maxwell und ließ den Motor an.

»Ich glaube, Mrs Banks ist nett«, antwortete Barrie, während sie die Auffahrt hinunterfuhren und Amber an der Tür immer kleiner wurde.

»Ich meine, was haben wir von der Sache mit der Uhr zu halten?«

»Ich glaube, sie hat die Uhr für ihren Mann gekauft, weil sie wegen irgendwas ein schlechtes Gewissen hat. Vermutlich hat sie eine Affäre. Kann man ihr nicht vorwerfen, finde ich. Ich hab mir so was auch schon überlegt, weißt du, vor allem, wenn ich mit dir zusammen bin.« Sie sah Maxwell an, der endlich lächelte und den Kopf schüttelte. »Sie hat ihm die Uhr geschenkt, letzte Nacht haben sie sich gestritten, er hat im Gästezimmer geschlafen. Er misstraut ihr, er hat die Uhr irgendwo versteckt und uns herbestellt, um rauszufinden, wo sich seine Frau gestern in Bath rumgetrieben hat.«

Maxwell lächelte. »Genau das hab ich mir auch gedacht. Aber was sollte die Sache mit der Schreibmaschine? Was ist da los?«

»Ich weiß nicht. Ich weiß es einfach nicht.«

»Ob wir wohl noch mal von den beiden hören?«

»Vielleicht von ihr«, meinte Barrie und schaute Maxwell nachdenklich an.

»Ihr Handgelenk sah ziemlich übel aus«, stimmte er zu. »Na ja, reich oder nicht, ich finde, wir sollten sie festnehmen, weil sie kostbare Polizeizeit verschwendet haben.«

»Na, *das* wäre dann definitiv Verschwendung kostbarer Polizeizeit. Aber jetzt zu wichtigeren Dingen: Kannst du bitte am nächsten Pub anhalten«, sagte sie und rutschte auf dem Sitz herum. »Ich muss schon wieder ganz dringend pinkeln.«

»Himmelherrgott nochmal«, schimpfte er.

Herman lag auf dem Sofa im Salon, während Amber in der Küche Essen machte. Er las das Kapitel noch einmal und bekam dermaßen heftige Kopfschmerzen, dass er zwei von den Tabletten schluckte, die einen festen Platz in seiner Tasche hatten, seit ihm klargeworden war, dass er es womöglich nicht schaffen würde, die Literaturwelt in Begeisterung zu versetzen. Dann schloss er die Augen und versuchte sich vorzumachen, nichts von den jüngsten Ereignissen wäre wirklich passiert. Das Nächste, was er mitbekam, war, dass Amber einen Teller mit warmem Essen auf den Tisch neben ihm stellte, aber er ließ die Augen geschlossen und überlegte angestrengt, ob es nicht sein konnte, dass sie die Seiten geschrieben hatte, um ihm einen Streich zu spielen. Sie hatten in getrennten Zimmern geschlafen, sie hatte ihn verhöhnt, weil er bisher nichts zustande gebracht hatte, sie hatte ihm erst vor ein paar Stunden eine Uhr geschenkt, und er hatte ganz sicher nicht die Dankbarkeit gezeigt, auf die sie gehofft hatte. War sie die Urheberin des geheimnisvollen Manuskripts? Er öffnete abrupt die Augen. Sie starrte ihn an.

»Ich bin mal eine Weile weg.«

»Wohin gehst du?«

Sie zögerte. »Ich treffe mich mit Hattie, um zu besprechen, wie wir möglichst bald die Überwachungskameras installieren lassen können.«

Sie log schon wieder.

VIII

Herman erwachte auf der Couch. Draußen war es dunkel, drinnen ebenfalls. Das Haus war still. Langsam richtete Herman sich auf und hörte, wie die Manuskriptseiten auf den Boden flatterten. In der noch immer nicht ganz vertrauten Umgebung tastete er nach einem Lichtschalter. Die an der Wand funktionierten nicht, aber er schaffte es schließlich, eine Lampe auf einem Beistelltisch anzuknipsen, die zumindest den Platz direkt um ihn herum beleuchtete. Sorgfältig sammelte er die heruntergefallenen Blätter auf und ging zum Fenster. Das Auto stand in der Auffahrt, also war Amber zurück – wo immer sie gewesen sein mochte –, und das war auch gut, denn die Uhr auf dem Kaminsims zeigte ihm, dass es 3 Uhr 23 war.

Als Amber weggefahren war, hatte er sich ins Schreibzimmer zurückgezogen und mehrere Stunden mit dem Versuch verbracht, sich einen Reim auf das zu machen, was heute passiert war. Er wusste, dass der Schrifttyp der Underwood identisch war mit dem auf dem Manuskript; er wusste das, obwohl die Underwood momentan nicht richtig funktionierte, denn er besaß ja das auf ihr getippte Manuskript von Gregory Burns' *Der Erlöser*. Es war genau die gleiche Schriftart, die Buchstaben gleich geformt, das *T* ein wenig nach unten verrutscht, das *S* leicht nach rechts gekippt. Doch obgleich er wusste, dass die Underwood-Maschine die Quelle der Geschichte sein musste, hatte er dennoch wie ein Wahnsinniger jede einzelne Schreibmaschine im Zimmer ausprobiert, hatte Papier eingespannt, ein paar Worte getippt und alles getan, um nachzuweisen, dass die fraglichen Seiten hier in diesem Raum geschrieben worden waren. Nach der ganzen Hektik war es natürlich mit der Konzentration auf seine eigene Schreiberei vorbei, also hatte er sich auf die Couch gelegt.

Amber schlief, als er nun neben sie unter die Decke schlüpfte. Doch sobald er auf dem Rücken lag, war jede Müdigkeit verflogen. Er dachte an seine Konkurrenten in der Geschäftswelt, an Kollegen, die er verärgert hatte, an Leute aus seinem Privatleben, die alle möglichen Gründe hatten, ihm böse zu wollen, aber nichts passte richtig zusammen, er konnte sich nicht vorstellen, dass ihm einer dieser Menschen einen solchen Streich spielte. Es musste Amber gewesen sein. Er kannte seine Frau ja gar nicht mehr richtig, sie hatte eine Affäre gehabt und ihm das Herz gebrochen, und jetzt nahm sie vermutlich seinen Verstand aufs Korn und trieb ihn in den Wahnsinn. Er sah ihr beim Schlafen zu, bis sie sich um halb sechs Uhr früh zu räkeln begann. Rasch schloss er die Augen und tat so, als würde er schlafen. Kurz darauf hob sie die Decke vorsichtig an und stieg fast lautlos aus dem Bett.

Mit klopfendem Herzen blieb er liegen und lauschte, ob sie in das Bad neben dem Schlafzimmer gehen würde, betete zum Himmel, dass sie dorthin ging. Jedes andere Zimmer wäre ihm auch recht gewesen, nur nicht die Treppe hinauf zu seinem Schreibtisch, denn dort würde sie womöglich erneut ihre üblen Spielchen mit seinem Verstand treiben. Seinem Herzen hatte sie ja inzwischen genug angetan.

Aber Amber ging nicht ins Bad. Vorsichtig öffnete er die Augen und sah, wie sie hinaus ins Treppenhaus ging. Leise schloss sich die Tür hinter ihr. Herman ließ seiner Frau ein paar Minuten Vorsprung, dann sprang auch er aus dem Bett, eilte zur Tür und riss sie auf. Amber schrie auf vor Schreck, denn sie hatte direkt vor ihm auf dem Treppenabsatz gestanden.

»Was machst du denn hier?«, wollte er wissen.

»Himmel, Herman«, keuchte sie und presste die Hand auf ihre Brust, die sich heftig hob und senkte. »Du hast mich zu Tode erschreckt.«

»Warum? Was hattest du denn vor?«

»Ich wollte nach unten und mir ein Glas Wasser holen«, antwortete sie und sah ihn ängstlich an.

»Warum hast du dann nach oben geschaut?«

»Um mich zu vergewissern, dass da niemand ist. Warum starrst du mich so an, Herman? Du machst mir Angst.«

Langsam wich er zurück und kehrte mit immer noch wild klopfendem Herzen ins Bett zurück, wo er noch eine Kopfschmerztablette nahm und die Augen schloss. Gerade als er spürte, dass er müde wurde, riss ihn ein durchdringender Schrei von Amber aus dem Halbschlaf. Erneut sprang er auf, griff seinen Bademantel und rannte so schnell nach unten, dass er ein paar

Stufen verpasste und sich fast den Hals gebrochen hätte.

»Herman! Komm hier runter, bitte, schnell!«

Er stürmte in die Küche, wo er ihre Stimme gehört hatte, und sah Amber in den Salon durchgehen. Dort stöhnte sie auf und verschwand dann im Speisezimmer. Er folgte ihr, während sie weiter ächzte und Schreie ausstieß, als hätte sie Schmerzen.

»O mein Gott, Herman, o mein Gott!«

»Was ist denn los mit dir?«

»Siehst du das nicht?«

Er schaute sich um. Alles erschien ihm normal.

»Die Kronleuchter, Herman, sie haben die verdammten Kronleuchter gestohlen!«

Herman blickte nach oben, und erst jetzt bemerkte er, dass die glitzernden Kristalllüster, die an kunstvollen Deckenhalterungen die Räume geschmückt hatten, samt und sonders verschwunden waren – aus der Decke ragten nur noch nackte Drähte, und es gab nicht einmal Gips- oder Staubspuren auf Boden und Mobiliar. Langsam wanderte Herman durch die Zimmer zurück, durch die sie gekommen waren, und als er den Schaden nun in Augenschein nahm, stieß er genau wie Amber Laute des Entsetzens aus.

»Wie haben die das bloß gemacht, Herman? Wir waren doch die ganze Zeit im Haus! Das verstehe ich nicht. Unsere Kronleuchter! Wie haben die das angestellt? Es müssen mehrere gewesen sein, ein Mensch kann das unmöglich alleine geschleppt haben … Erst die Uhr, und jetzt das.«

Eigentlich neigte Amber nicht zur Hysterie, aber so

blass und aufgeregt hatte Herman sie noch nie erlebt; sie zitterte am ganzen Körper. Nein, es konnte nicht sein, dass sie ihm das antat, und bei dem Gedanken spürte Herman eine große Erleichterung.

Plötzlich fiel ihm etwas ein, und er rannte die Treppen zum Schreibzimmer hinauf. Voller Angst rief Amber ihm nach, aber er riss voller Hoffnung die Tür auf – jawohl, es war Hoffnung, die in ihm aufstieg! –, so ungestüm, dass sie gegen ein Regal mit antiken Schreibmaschinen knallte. Atemlos und schwindlig von seinem Ausbruch blieb er stehen und sah, dass auf dem Tisch ein dicker Stoß frisch getippter Seiten lag. Er lachte. Er lachte tatsächlich.

»Was zur Hölle machst du denn da?«, wollte Amber wissen, als sie atemlos hinter ihm ins Zimmer gelaufen kam.

»Oh, ich bin nur … ich bin …« Er saß am Schreibtisch, bereits vertieft in die Fortsetzung der Geschichte, und wusste gar nicht, wie viel Zeit inzwischen vergangen war.

»Man hat uns bestohlen, mitten in der Nacht, während wir geschlafen haben, und du … du liest dein Manuskript?«

Er öffnete den Mund, aber nichts kam heraus.

»Wir müssen die Polizei rufen«, sagte Amber und wandte sich zum Gehen. »Dieser Frau Bescheid sagen. Der schwangeren Polizistin. Sie weiß bestimmt, was wir tun sollen.«

»Nein!«, rief Herman und lief ihr nach, packte sie aber viel zu grob, so dass sie am Geländer Halt suchen musste, um nicht die Treppe hinunterzustürzen.

»Herman!«, kreischte sie erschrocken.

»Entschuldige«, sagte er atemlos und hielt sie fest. »Aber wir können die Polizei nicht rufen, nicht jetzt.«

»Warum nicht?«

»Weil das nicht nötig ist. Es ist alles in Ordnung, da bin ich sicher. Wir sind nicht in Gefahr. Irgendjemand … ich bin nicht sicher, wer, aber jemand spielt so eine Art Spiel mit mir. Und hilft mir. Glaube ich jedenfalls. Wenn wir die Polizei alarmieren, dann werde ich mein Buch nicht schreiben können, das weiß ich. Nur so kann ich den Roman verfassen, ich glaube, das verstehe ich jetzt. Es ist nur ein Spiel, Amber, und wenn es vorbei ist, bekommen wir alles zurück. Ganz bestimmt.«

Wenig später erschien Hattie mit einem Team von Handwerkern. Sie hatten alles dabei, was nötig war, um im Haus ein modernes Alarmsystem samt Überwachungskameras zu installieren. Im Handumdrehen waren sie bei der Arbeit, bohrten und hämmerten, wo Herman sich doch unbedingt in sein Schreibzimmer zurückziehen und sich in Ruhe mit den neuen Seiten seines Romans beschäftigen wollte. Aber er konnte Amber unmöglich mit Hattie allein lassen, denn die Frau stellte penetrante Fragen und tat immer so vertraulich. Herman hatte Angst, dass Amber ihr etwas von den Kronleuchtern erzählen würde, er war einfach nicht sicher, dass sie den Mund halten konnte – nicht einmal, dass sie seine Theorie wirklich glaubte. Zwar war er selbst nicht hundertprozentig von seinen Erklärungen überzeugt, aber je mehr Zeit verstrich, desto mehr erwärmte er sich für seine Version der Ereignisse. Es gab einfach keine andere Möglichkeit. Zwar schrieb er seinen Roman nicht selbst, aber es war trotzdem *seine* Geschichte – *seine* Ideen, *seine* Charaktere erschienen auf dem Papier, er war der Schöpfer des Protagonisten und seines Schicksals. Also war es auch *sein* Roman. Momentan war Hermans einzige Sorge, dass womöglich ein anderer den Ruhm für diese Arbeit ernten würde – dass Amber und er in Gefahr sein könnten, beunruhigte ihn nicht.

Während Herman über all das nachdachte und sich nebenbei noch überlegte, wie es mit seinem Protagonisten weitergehen sollte, saß Amber stumm und stocksteif neben ihm auf dem Sofa.

Natürlich hatte Hattie die fehlenden Kronleuchter sofort bemerkt – dieser Frau entging anscheinend nichts, außer dem riesigen Leberfleck, der ihre Oberlippe zu überwuchern drohte. Auf ihre dahingehende Frage informierte Herman sie ruhig, dass er die Leuchter hatte abnehmen lassen, damit sie nicht bei den Arbeiten am Sicherheitssystem beschädigt wurden.

»Oh, diese Männer sind absolut zuverlässig, das kann ich Ihnen versichern. Ich habe sie in all den Häusern engagiert, um die ich mich in den letzten fünfzehn Jahren gekümmert habe. Sie hätten Ihre Kronleuchter ganz sicher nicht kaputtgemacht, außerdem haben sie da oben an der Decke auch gar nichts zu tun.«

»Na, ist ja egal.«

»Darf ich fragen, ob Sie die Lüster selbst abgenommen haben?«, fuhr sie neugierig fort. »Und wo Sie jetzt untergebracht sind? Wirklich faszinierend, wie Sie das bewältigt haben.«

Amber starrte weiter schweigend vor sich hin, ohne wie sonst sofort auf Hatties Fragen einzugehen, und nun machte Herman sich Sorgen, dass sie mit ihrem untypischen Verhalten Verdacht erregen würde. »Schatz, möchtest du Mrs Brown nicht eine Tasse Tee anbieten?«

»O nein, das ist nicht notwendig, ich …«, wehrte Hattie ab.

»Und ich hätte gern einen Espresso«, fiel Herman ihr ins Wort. »Die Kronleuchter sind im alten Pfarrhaus. Was meinen Sie, wann die Männer wohl hier fertig sind? Sie können sich ja sicher denken, dass ich für meine Arbeit Ruhe und Frieden brauche.«

Da Hattie nicht auf den Kopf gefallen war, verstand sie den Wink mit dem Zaunpfahl und kam nicht mehr auf die Kronleuchter zu sprechen. »Sie wollen heute Abend mit dem Gröbsten fertig sein, aber ich denke, ein paar Dinge haben sie sicher morgen früh noch zu erledigen.«

Wie es bei Handwerkern häufiger der Fall ist, waren sie am Abend keineswegs fertig, und als sie am folgenden Morgen wiederkamen, fiel ihnen sofort auf, dass die Gemälde, die tags zuvor die Wände – für ihren Geschmack allzu pompös – geschmückt hatten, nicht mehr da waren. Aber sie sagten nichts.

»Ich wette, er ist ein Spieler«, meinte einer diskret zu seinen Kollegen, während sie ihre mitgebrachten Sandwiches aßen und ihren Kaffee aus der Thermosflasche tranken, obwohl Mrs Banks immer wieder versuchte, ihnen etwas anzubieten. Sie saßen im alten Pfarrhaus und hatten die auf noch staubigere Tische gestapelten Stühle abgestaubt, die niemand mehr benutzt hatte, seit das Café und das Museum geschlossen worden waren.

»Aber er ist Millionär«, entgegnete ein anderer.

»Milliardär«, verbesserte ein Dritter, biss in sein Marmeladensandwich und fragte sich, ob seine frischgebackene Frau jemals lernen würde, etwas anderes zu machen.

»Seine Firma hat Milliarden, er selbst nicht«, schaltete sich der Nächste ein, und als er herzhaft in sein Sandwich biss, das mit Truthahn samt Füllung belegt war, tropfte ihm die Cranberry-Sauce übers Kinn, und der Marmeladenmann begann vor Neid still vor sich hin zu kochen.

»Nicht mehr, jetzt haben die auch Probleme«, meinte der Kollege, der bislang geschwiegen hatte.

Alle schauten ihn überrascht an.

»Seit wann informierst du dich denn über die Wirtschaftslage?«

»Seit mein Schwager mich überredet hat, Gold zu kaufen. Ich hab den größten Teil vom Erbe meiner Mum reingesteckt, obwohl ich viel lieber einen Hobbyraum gehabt hätte.« Die anderen starrten ihn verständnislos an. »Deshalb behalte ich jetzt die Finanznachrichten im Auge. Das Gold soll sich gefälligst anstrengen und mehr bringen als mein Hobbyraum, das sag ich euch. Jedenfalls reden die auf CNN zurzeit dauernd von Herman Banks – dass er verschwunden ist und dass sein Unternehmen in Schwierigkeiten steckt.«

»Was macht er dann hier?«

»Er schreibt ein Buch.«

Einer der Männer schnaubte laut und verächtlich. »Der schreibt doch kein Buch. Warum sollte er sich die Mühe machen, er kann doch jemanden anheuern, der es für ihn schreibt.«

»Doch, er arbeitet daran. Als ich zu ihm reingegangen bin, um das obere Fenster vorn zu verkabeln, da saß er an einem alten Schreibtisch vor einer alten Schreibmaschine und hat mit einem Rotstift auf irgendwelchen Blättern rumgekritzelt. Überall in dem Zimmer sind Schreibmaschinen, und überall an der Wand hängen Sachen von diesem Schriftsteller, diesem Gregory Burns.«

Die Männer ächzten.

»Schon wieder so einer.«

»Fairerweise muss man sagen, dass er es eher durchziehen wird als einer von den anderen.«

»Heute hatten die auf CNN einen Beitrag mit dem Titel ›Wo ist Herman?‹«, berichtete der stille Kollege.

»So eine Art ›Wo ist Walter‹?«, scherzte einer, und alle lachten.

»Ja, so ungefähr.«

»Ich wette, die wären ziemlich dankbar, wenn sie rausfinden würden, dass er sich hier in Litherly versteckt«, meinte der Marmeladenbrotmann. »Dankbar genug, dass sie genug Geld für einen Hobbyraum rausrücken würden.«

Alle schwiegen eine Weile nachdenklich.

»Nee, wir lassen lieber die Finger davon. So was haben wir noch nie gemacht, und wir fangen jetzt auch nicht damit an.«

Die anderen stimmten zu.

Ein Handy klingelte. Wie nicht anders zu erwarten, war es Hattie, die sie drängte, die Arbeit zu Ende zu bringen.

»Wir sind gleich fertig mit dem Mittagessen«, beruhigte sie der Mann und klopfte sich die Krümel von der

Brust. Dann horchte er wieder ins Telefon und sagte: »Nein, wir sind im alten Pfarrhaus. Wir hatten nicht den Eindruck, dass er es mag, wenn wir im Haus rumhängen.« Er lauschte erneut und sah sich in dem alten Café um. »Kronleuchter? Nein, hier sind keine Kronleuchter«, sagte er.

IX

Herman saß im Schreibzimmer und betrachtete den kleinen Monitor, auf dem er nun dank der neuen Überwachungskameras jeden Winkel des Hauses beobachten konnte. Wenn die Kameras nachts auf Infrarotstrahlung umschalteten, bekam alles auf dem Bildschirm eine leicht grünliche Färbung, und jeden Morgen, wenn Herman aufstand, checkte er als Erstes die Aufnahmen ganz genau. Aber bisher hatte er keine Spur von einem Einbrecher entdeckt, der sich nachts oder in den frühen Morgenstunden ins Haus schlich und mit Besteck, Gemälden, Schmuck oder Plasmafernsehern beladen wieder davonstahl. Niemand kam herein, niemand ging hinaus, trotzdem verschwanden ihre Habseligkeiten, und weitere Teile des Manuskripts erschienen. Es war mysteriös, aber Herman fühlte sich seltsam geborgen. Er hatte nicht das Gefühl, dass sein Leben bedroht war, sein Roman kam prächtig voran, ja, er war bereits halb fertig, und Herman bereitete sich darauf vor, die Handlung zu einem wunderbar spannenden Ende zu führen.

Der Roman hatte sich weit großartiger entwickelt, als er es je zu hoffen gewagt hätte. Er und der Ghostwriter arbeiteten vollkommen im Einklang – der eine nahm den

Faden fast nahtlos dort wieder auf, wo der andere die Geschichte unterbrochen hatte, und gelegentlich überraschte der Ghostwriter Herman, indem er Wendungen einfügte, auf die Herman von selbst nicht gekommen wäre, und er hatte sogar Humor. Vieles von dem, was er schrieb, spiegelte Hermans aktuelle Situation wider, und obwohl Herman jedes Mal eine Gänsehaut bekam, wenn er die neuen Seiten entdeckte, folgte darauf ein zufriedenes leises Lachen, sobald er sich in die Geschichte vertiefte.

Er nahm ein frühes Kapitel zur Hand und verlor sich wieder einmal ganz im England um das Jahr 1800, schmutzig, grausam und hart. Die Armen lebten in abscheulichen Verhältnissen, doch mit am schlimmsten war die Lage von Hermans Protagonisten Edwin Grey, der nach zehn Jahren aus dem Gefängnis kam, ein Schatten seiner selbst, ein gezeichneter Mann, der viel älter wirkte als seine sechsunddreißig Jahre. Er hinkte, ging am Stock, war unterernährt und völlig ausgezehrt, als er endlich zu dem Haus zurückkehren durfte, in dem er aufgewachsen war, in die berühmte Vigo Lane, zu seiner Familie und seiner Tochter, die inzwischen zwölf war und die er kaum noch kannte.

Als er die Savile Row hinunterging, entdeckte er sofort, dass der Zusatz »& Son« von dem Schild über dem exklusiven Schneidereigeschäft, das sich seit Generationen in Familienhand befand, entfernt worden war, und sein Herz wurde schwer. Bei genauerem Hinsehen bemerkte er außerdem, dass auch das ›E‹ von GREY fehlte, und als er stehen blieb, um den Laden genauer in Augenschein zu nehmen, entdeckte er, dass er geschlossen und verrammelt war. Die Idee, dass das Geschäft, das der Stolz und der Lebensinhalt seines Vaters gewesen war, nicht mehr existierte, kam ihm gar nicht in den Sinn, sondern er nahm ganz selbstverständlich an, dass es in eine andere Gegend umgezogen war. Langsam ging er weiter. Unter den neugierigen Blicken vorübergehender Nachbarn, von denen er einige erkannte, die ihn jedoch allesamt argwöhnisch beäugten, humpelte er mühsam auf das Wohnhaus seiner Familie zu. Zum ersten Mal seit zehn Jahren empfand er so etwas wie Freude. Als das Haus in Sicht kam, ging er schneller, ja, er rannte fast, obwohl sein in der Gefangenschaft beschädigtes Bein schmerzte, denn er wollte möglichst bald dort sein.

Das Haus sah kleiner aus, als er es in Erinnerung hatte - und er hatte sich dieses Haus in seiner feuchten Zelle jede Nacht ins Gedächtnis gerufen, als wäre es ein Zauberbann, der ihn aus der grausamen Realität entführte. So war sein Zuhause jede Nacht grandioser, palastartiger geworden, das Essen wohlschmeckender, die Einrichtung feudaler, er erinnerte sich an unzählige Einladungen und durchlebte Kindheitserinnerungen in jedem einzelnen Raum. Nun aber erschien ihm das Haus wesentlich kleiner und auch längst nicht so gut erhalten. Er machte sich im Geist eine Notiz, mit Henry, dem Verwalter, darüber zu sprechen. Früher hätte er den Mann öffentlich zusammengestaucht und geglaubt, das würde ihn zu einer besseren Leistung motivieren, aber das konnte er nicht mehr, nicht nachdem er selbst ein Jahrzehnt lang schlechter behandelt worden war als ein Hund. Jetzt würde er so etwas mit einem Gespräch unter vier Augen erledigen.

Mit Tränen in den Augen marschierte er zur Tür. Wie würde man ihn wohl empfangen? Die Aufregung raubte ihm fast den Atem, und ihm war ganz schwindlig. Endlich war dieser langersehnte Moment gekommen. Als er die Haustür erreichte und auf die Klingel drücken wollte, ging die Tür von selbst auf, und er musste rasch zur Seite treten, um nicht von dem großen Konzertflügel, der ihm entgegenkam, enthauptet zu werden. Begleitet wurde der Flügel von lauten Protestrufen, und er erkannte die Stimme von Abigail, dem Hausmädchen, das mit einem Staubwedel auf die beiden Männer, die den Flügel schleppten, einschlug. Sie würdigte Edwin keines Blickes, sondern folgte unermüdlich den beiden Trägern, aber ihre Versuche, diese aufzuhalten, hatten etwa die gleiche Wirkung, als würde eine dicke Fliege um ihre

Köpfe schwirren. Sie reagierten leicht irritiert, ohne jedoch von ihrem Vorhaben abzulassen.

»Was ist denn hier los?«, rief Edwin schließlich. Sofort hielten die Männer inne und wandten sich ihm zu.

Jetzt sah ihn auch Abigail an, schnappte hörbar nach Luft und bekreuzigte sich.

»Gerichtliche Anordnung, Sir«, erklärte einer der Männer, und der andere lachte. Dann hievten sie den Flügel mit vereinten Kräften auf ihren Wagen.

»Was für ein Gericht hat das angeordnet? Und warum? Ich fordere Sie auf, mir das auf der Stelle mitzuteilen.«

»Wer ist denn dieser alte Mann?«, fragte eine junge Dame in einem violetten Kleid, die an der Tür erschienen war.

Als Edwin sie sah, erkannte er sie sofort. Es war, als würde ihm seine Frau erscheinen. »Margaret«, stieß er atemlos hervor.

»Wer ist dieser Mann, und woher kennt er meinen Namen?«, fragte das junge Mädchen erneut und wandte sich mit strengem Blick an Abigail.

»Vielleicht sollten wir wieder ins Haus gehen«, meinte das Hausmädchen und schaute Edwin nervös an. Die Entführung des Flügels schien sie plötzlich überhaupt nicht mehr zu interessieren.

»Und was ist mit dem Flügel?«, fragte Margaret mit großen Augen - großen, traurigen blauen Augen.

»Wir werden ihn zurückbekommen«, versicherte ihr Abigail. »Das könnt ihr eurem Gericht mitteilen.« Damit marschierte sie über den Gartenweg zurück und begleitete Margaret ins Haus.

Keine von beiden würdigte Edwin noch eines Blicks, also holte er tief Atem, ging ebenfalls hinein und war erneut sprachlos, als er in dem völlig leeren Korridor stand.

»Was ist hier los? Wo sind alle unsere Sachen?«, fragte er.

»Schsch.« Abigail warf ihm einen warnenden Blick zu und brachte Margaret schnell außer Hörweite. Edwin ärgerte sich über die Art, wie sie mit ihm sprach. Langsam ging er in den Erdgeschossräumen umher - hohe Decken, nackte Wände, denn nicht nur die Gemälde, auch alles andere war verschwunden, Kerzenleuchter, Silber, Gold. Das zurückgebliebene Mobiliar war äußerst spartanisch, alles von Wert verschwunden.

Abigail fand ihn im Salon. Sie verschränkte die Arme vor der Brust und musterte ihn angewidert von oben bis unten. »Am besten stellen Sie in Lady Margarets Anwesenheit nicht zu viele Fragen.«

Edwin musterte Abigail aufmerksam. Als sie angefangen hatte, bei ihnen zu arbeiten, war sie nicht viel älter gewesen als Margaret, und jetzt war sie Mitte zwanzig. Er hätte sie nicht als Schönheit bezeichnet, aber sie war sehr weiblich, mit hübschen, femininen Kurven, doch ihr Blick war hart.

»Sie weiß nicht, wer ich bin«, sagte er.

»Margaret denkt, Sie seien tot.«

»Ich bin empört! Wer behauptet denn so etwas?«

»Ihre Mutter.«

»Aber warum?«

»Was hätte man dem Kind denn erzählen sollen, Sir?«

Edwin zögerte, ihr Ton gefiel ihm nicht, es gefiel ihm nicht, wie sie ihn anstarrte. Zehn Jahre lang hatte man ihn gehalten wie ein Tier, da ließ er sich doch jetzt nicht von einer Bediensteten so respektlos behandeln. Aber ihm fiel auf ihre Frage keine Antwort ein, er hatte törichterweise angenommen, dass seine Tochter die Wahrheit kannte und sie verdaut hatte, so dass er ihr bei seiner Rückkehr seine Gründe nach bestem Wissen und Gewissen auseinandersetzen konnte. Schließlich hatte nicht nur er Unrecht getan, seine Frau hatte einen heiligen Eid gebrochen, vor Kirche und Gesetz, mit einem Mann, der für Edwin den Abschaum der Menschheit verkörperte und den er noch in derselben Nacht umgebracht hätte, wenn ihn nicht ein zufällig vorbeikommender Passant zurückgehalten hätte.

»Ihre Tochter glaubt, dass Sie und ...«

Abigail schluckte. »... dass Sie und Ihre Frau bei einem tragischen Unfall ums Leben gekommen sind. Sie glaubt, dass ein Pferd gescheut hat und Ihre Kutsche daraufhin mit einer anderen zusammengestoßen ist.«

»Sie glaubt also, ich sei tot«, flüsterte er und fühlte sich plötzlich sehr schwach. »Jeden Tag habe ich an sie gedacht, und dabei war ich nicht einmal ein Gedanke in ihrem Kopf. Ich habe für sie nicht existiert.« Er wollte sich an etwas festhalten, fand aber nichts anderes als die nackte Wand.

Nun wurde Abigail doch ein wenig sanfter. »Ihre Familie dachte, es wäre das Beste für das Kind.«

»Aber was sollte sein, wenn ich zurückkehre? Was wollte man ihr dann sagen? Dass ich von den Toten auferstanden bin?«

»Niemand hat damit gerechnet, dass Sie zurückkommen«, antwortete Abigail und senkte den Kopf. »Wir haben von den Zuständen im Gefängnis gehört, und es erschien uns unmöglich, dass Sie diese Tortur überleben würden - es sei denn durch ein Wunder. Aber nun sind Sie tatsächlich wieder da.« Das Hausmädchen schenkte ihm ein kleines Lächeln und musterte ihn dann wieder so, dass er das Gefühl bekam, er wäre tatsächlich von den Toten auferstanden.

»Wo ist mein Vater? Warum ist der Laden geschlossen?«

Abigail schluckte schwer. »Vielleicht ist es am besten, wenn wir in den Salon gehen.«

»In den Salon? Warum, da war ich doch gerade, da gibt es nichts zu sehen.

»Folgen Sie mir bitte, Sir.«

»Ich kenne den Weg«, rief er ungeduldig, folgte ihr aber. Was hätte er sonst tun können? »Wo ist mein Vater?«

Schließlich blieb Abigail stehen, schaute nervös zu dem Sessel am Feuer und sah dann wieder zu Edwin. »Ihr Vater ist in Kensal Green«, stieß sie hervor, drehte sich dann hastig um und eilte zu der Flügeltür.

»Kensal Green«, wiederholte Edwin und folgte ihr. »Wo ist das? Wann kommt er zurück? Wir müssen ihn umgehend von den jüngsten Ereignissen in Kenntnis setzen«, meinte er dringlich.

»Ich hole uns einen Tee«, erklärte Abigail und schloss die Flügeltüren direkt vor seiner Nase.

Wutentbrannt wollte er ihr nachlaufen, aber da drang ein leises Lachen an sein Ohr, ein unbekanntes, tiefes Lachen hinter ihm, kaum hörbar neben dem Knistern des Feuers. Rasch wandte Edwin sich um und schaute wieder zu den beiden Sesseln, die er vorhin schon gesehen, aber für leer gehalten hatte. Jetzt konzentrierte er sich auf den, der mit der Lehne zu ihm stand.

»Kensal Green ist ein Friedhof, und Mr Grey

stattet dort niemandem einen Besuch ab«, sagte eine Stimme, und wieder erklang das seltsame Lachen.

Langsam humpelte Edwin zu dem Sessel und entdeckte dort eine alte Frau mit weißgrauen Haaren, ganz ähnlich wie seine eigenen. Die Frau war von Kopf bis Fuß schwarz gekleidet und hatte eine Decke über die Knie gelegt. Gerade wollte er sie fragen, wer sie war, als sie ihn plötzlich direkt ansah, und ihre Augen waren unverkennbar. Strahlendblau.

»Mutter!« Ohne auf den stechenden Schmerz in seinem Bein zu achten, fiel er vor ihr auf die Knie, vergrub den Kopf in ihrem Schoß und küsste ihre Hand. Dann fühlte er, wie sie ihm mit der anderen Hand sanft über den Kopf strich – die erste tröstliche Berührung, die er seit langer, langer Zeit erfuhr. Er konnte kaum glauben, wie sehr sie sich verändert hatte, andererseits war bei ihm ja das Gleiche der Fall. Aber bei ihm gab es triftige Gründe, seine Mutter hatte ihr Leben nicht unter dermaßen grausamen Bedingungen fristen müssen.

In diesem Moment kam Abigail mit einem Tablett zurück: Tee in feinem Porzellan, Scones mit Marmelade und Clotted Cream. Die letzten zehn Jahre hatte Edwin immer wieder von solchen Köstlichkeiten geträumt, aber jetzt war ihm der Appetit vergangen.

»Das Porzellan haben sie nicht gefunden«, kicherte Edwins Mutter. »Allmählich entwickle ich ein Talent, gewisse Dinge zu verstecken.« Sie sah Abigail an und wartete auf eine Reaktion, aber diese senkte nur den Kopf, antwortete: »Ja, Ma'am«, und verschwand rasch aus der unbehaglich angespannten Atmosphäre, die im Zimmer herrschte.

»Mein Sohn ist also zurückgekehrt«, sagte die alte Dame, und ihre Stimme klang barscher, als er sie in Erinnerung hatte. Langsam rührte sie Zucker in ihren Tee. »Zur Hölle und zurück, wie es aussieht«, bemerkte sie über den Rand ihrer Teetasse hinweg, scheinbar ohne jedes Mitgefühl.

»Es tut mir alles so leid, Mutter. Ich habe mich an einen Kaplan gewandt, einen Mann, der sich während meiner Gefangenschaft gelegentlich um mich gekümmert hat, und ich werde mich von nun an regelmäßig mit ihm treffen, denn ich möchte näher zu Gott kommen, mehr der Mann werden, der ich hätte sein sollen. Ich werde wiedergutmachen, was ich getan habe, bei dir und bei Vater. Und natürlich bei Margaret. Ich werde euch beweisen, dass ich es würdig bin, dass ihr mir verzeiht und mir wieder eure Zuneigung schenkt.«

Er ging fest davon aus, dass diese Rede den gewünschten Erfolg haben würde, er hatte sie viele Male geübt und überdacht, und bei jedem Mal meinte er es ernster. Aber keine der Reaktionen, die er sich ausgemalt hatte, stimmte mit der Realität überein.

Seine Mutter schnaubte unzufrieden, und die Abscheu auf ihrem Gesicht war unverkennbar.

»Du hast einen schlechten Zeitpunkt gewählt, um deine Tat wiedergutzumachen, mein Sohn. Ich habe nicht auf einen Gentleman gehofft, der da aus der Hölle zurückkehrt, sondern auf einen Mörder.«

»Mutter!«, stieß er entsetzt hervor.

Sie ergriff seine Hände und zischte: »Du musst es noch einmal tun, mein Sohn. Morde. Morde so gut, dass du für deine Tat noch einmal in der Hölle landest, denn nur so werde ich wissen, dass es vollbracht ist. Und Gott weiß, wie dringend diese Tat vollbracht werden muss.«

Fernes Scheinwerferlicht zog Hermans Aufmerksamkeit auf sich, und er legte das Manuskript beiseite. Er spähte zum Monitor und erkannte den Mietwagen, der die kurvige Auffahrt heraufkam. Amber war wieder zu Hause. Was bedeutete, dass sie fast den ganzen Tag unterwegs gewesen war. Aber er hatte bereits Maßnahmen ergriffen und Hattie gebeten, ein zweites Auto zu organisieren, denn er hatte vor, ihr bei nächster Gelegenheit zu folgen und endlich in Erfahrung zu bringen, mit wem sie ständig am Telefon flüsterte. Er war nicht so dumm, ihr abzunehmen, dass es ihre Mutter war, denn wenn sie es gewesen wäre, hätte Amber längst den erstbesten Flug zurück nach New York genommen, das wussten sie beide. In der letzten Woche hatten sie so gut wie keinen Kontakt zu Menschen gehabt, und Herman wusste, dass die Wahrheit über das, was hier geschah, im Handumdrehen ans Licht kommen konnte, wenn Amber mit jemandem sprach. Und das würde das Ende seines Buchprojekts bedeuten.

Hermans Roman war inzwischen weiter gewachsen und ziemlich umfangreich geworden, und er war sehr stolz darauf. Aber selbst wenn sein Verhältnis zu Amber besser gewesen wäre, hätte er ihr das Manuskript trotzdem nicht zum Lesen gegeben, denn er wollte es noch eine Weile als sein Geheimnis behalten, vielleicht sogar, bis es ganz fertig war. Er fühlte, dass es nicht mehr lange dauern würde, aber er wusste nicht genau, wie viel Zeit ihm noch blieb. Amber wirkte so angespannt, als könnte sie jederzeit explodieren, und dann war es womöglich aus mit seinem Traum vom Schreiben.

Seine Erklärungen und Theorien über das, was in diesem Haus geschah, linderten Ambers Angst vor Einbrechern oder irgendwelchen mysteriösen Eindringlingen nicht, im Gegenteil – sie warfen nur noch mehr Fragen auf, die Herman selbst natürlich auch durch den Kopf gingen, die er aber gezielt verdrängte. Wenn sein Buch fertig war, konnten sie sofort die Zelte hier abbrechen, nach New York zurückkehren und sich wieder um ihr ganz normales häusliches Glück kümmern. Dann war er auch wieder bereit, seiner Frau die Aufmerksamkeit zu schenken, die sie – das wusste er – so dringend brauchte. Aber all das musste warten, bis der Roman vollendet war.

Da Amber sich zunehmend Sorgen über sein Verhalten machte, versuchte sie immer wieder einzugreifen und ihren Mann zur Vernunft zu bringen. Und obwohl man ihren Mut bewundern musste, sich ganz allein gegen ihn zu stellen, scheiterten alle ihre Versuche und endeten in Streit. Inzwischen übernachtete Herman meistens im Gästezimmer, und Amber blieb trotz ihrer wachsenden Angst allein im Schlafzimmer.

Was das Verschwinden ihrer Sachen und das Auftauchen neuer Romanteile anging, so konnte Herman dafür zwar keine logische Erklärung finden, fühlte sich deswegen aber auch nicht mehr unbehaglich, sondern freute sich darüber. Sich damit abzufinden, dass der Vorgang nicht natürlich war, war ihm anfangs etwas schwergefallen, doch die Tatsache, dass das Buch sich nun der Vollendung näherte, versetzte ihn in Hochstimmung, und dieser Adrenalinrausch bewirkte zusammen mit dem Mangel an frischer Luft, Sonnenlicht, Bewegung und menschlichem Kontakt, dass er sich immer weiter von der Realität entfernte. Tief in seinem Herzen hatte er das Gefühl, sich in einem Dialog mit Gregory Burns zu befinden, fast so, als würde der Autor, den er seit dreißig Jahren verehrte – seine Person, sein Werk, sein Schreibgerät –, rein dadurch, dass Herman jetzt sein Haus bewohnte und sein Arbeitszimmer benutzte, ihm nun endlich antworten und sich auf diese Weise für Hermans Unterstützung bedanken. Natürlich konnte Herman es nicht laut aussprechen, aber genau das war es, was ihn im Inneren erfüllte und für ihn so anregend und außergewöhnlich war, dass es ihm Rückhalt gegen die Argumente gab, die Amber in puncto seiner Arbeit, seiner Familie und ihrer Ehe vorbrachte.

Amber war in der Küche, dem wärmsten Raum des Hauses, der sich mit den neuen Einbaumöbeln und den modernen Geräten am wenigsten alt anfühlte und ihr das Gefühl gab, sich in einem ganz »normalen« Haus in New York oder sonst wo auf der Welt zu befinden. Als sie von dem Selbstmord in der Speisekammer erfahren hatte, hatte sie dafür gesorgt, dass die Vergangenheit gänzlich aus diesem Raum getilgt wurde, und sie duldete nichts, was an den schauerlichen Vorfall erinnerte. Außerdem war es das einzige Zimmer, das noch unbeeinträchtigt wirkte. Zwar waren Besteck, Porzellan und auch der Fernseher verschwunden, aber anscheinend war der Eindringling – wer oder was immer er sein mochte – nicht an Mikrowellen und Backöfen interessiert.

Eigentlich war Amber nicht abergläubisch, aber dieses Haus war ihr zutiefst unheimlich. Obendrein benahm sich ihr Mann wie ein Besessener und verwandelte sich immer mehr in einen paranoiden, unberechenbaren Irren – auch äußerlich, mit seinem ungepflegten Bart und dem grässlichen Bademantel, den er tagein, tagaus trug. Und obgleich sie ja wusste, dass sie an seinem Zustand nicht ganz unschuldig war, hätte sie ihm die schlampigen Sachen am liebsten vom Leib gerissen, in Desinfektionsmittel eingeweicht oder besser noch verbrannt.

Anfangs hatte sie gehofft, in der Abgeschiedenheit der südenglischen Natur würde ihre Ehe aufblühen, aber nichts dergleichen geschah: Ihr Mann war in dieser idyllischen Umgebung keineswegs aufmerksam und liebevoll geworden, im Gegenteil, ihre Beziehung schien langsam, aber sicher zu sterben, und Amber fragte sich, ob die Asche, die während ihrer Krise in New York noch geglüht hatte, nicht inzwischen völlig erkaltet war. Aber sie konnte Herman jetzt nicht verlassen. Wenn sie ging, kam das einer Kapitulation gleich, sie würde aufgeben, und das wollte sie nicht. Denn trotz ihrer Affäre und obwohl sie sich von ihrem Mann wegen seiner Arbeitssucht oft genug vernachlässigt und im Stich gelassen gefühlt hatte und auch trotz seines derzeit so befremdlichen Verhaltens liebte sie ihn immer noch von ganzem Herzen und konnte sich nicht vorstellen, auch nur einen Tag ohne ihn zu leben. Sie war fest entschlossen, ihre Beziehung zu retten.

Als es klingelte, fuhr sie erschrocken zusammen. Sie erwartete keine Gäste, und das Haus lag auch nicht so, dass zufällig jemand vorbeischaute. Hier hatte man so wenig selbstverständlichen Kontakt, dass Amber inzwischen sogar die Männer vermisste, die die Überwachungskameras eingebaut hatten. Sie vermisste es, sie plaudern und bei der Arbeit leise vor sich hin pfeifen zu hören, sie vermisste ihre entspannte Kameradschaftlichkeit so sehr, dass sie immer wieder mit dem Gedanken spielte, eine Haushälterin zu engagieren. Dann hätte sie wenigstens ein bisschen Gesellschaft gehabt und wäre nicht ganz so isoliert gewesen. Aber wie sollte sie dieser Person erklären, dass ständig Dinge aus dem Haus verschwanden? Nein, sie konnte niemanden einstellen.

Als sie jetzt auf den Monitor schaute, sah sie Hattie

vor der Tür stehen. Sofort wurde sie nervös. Herman hatte sie ausdrücklich gebeten, auf gar keinen Fall mit Hattie zu reden, weil er befürchtete, die ganze Geschichte würde einfach aus ihr heraussprudeln wie aus einem überfließenden Wasserreservoir, und sie traute sich auch selbst in dieser Hinsicht nicht über den Weg. Wenn Hattie ins Haus kam und sich hier umsah, würde Amber es garantiert nicht fertigbringen, ihr eine dieser lächerlichen Lügen aufzutischen, an die Herman sich klammerte. Also öffnete sie die Tür nur ein paar Zentimeter und lächelte scheu durch den Spalt.

»Hi, Hattie.«

»Hallo, Mrs Banks«, begrüßte Hattie sie freundlich.

»Nennen Sie mich doch bitte Amber.«

»Ist alles in Ordnung?«

»Na klar!«, lachte Amber. »Ich bin nur überhaupt nicht für Gäste angezogen. Hoffentlich macht es Ihnen nichts, wenn wir uns durch die Tür unterhalten.«

»Ach, das ist doch lächerlich, ich würde gar nicht darauf achten, was Sie anhaben«, entgegnete Hattie, aber Amber rührte sich nicht vom Fleck. »Oh. Na gut, ich wollte ja nur Ihren neuen Mietwagen vorbeibringen.«

»Ein neues Auto?«, fragte Amber und machte die Tür ein kleines bisschen weiter auf, um über Hatties Schulter hinwegsehen zu können. Tatsächlich, dort stand ein zweiter schwarzer Mercedes-Jeep, daneben wartete ein Mann.

»Das ist Alan«, erklärte Hattie und versuchte, sich ein Stück durch den größer gewordenen Spalt zu drängen. »Ich fahre ihn nach Hause, sobald wir die Sache hier erledigt haben.«

Amber drückte die Tür schnell wieder ein Stück weiter zu.

»Mr Banks hat heute Morgen angerufen und mich gebeten, sobald wie möglich noch einen Mietwagen für Sie zu organisieren.«

Amber schluckte. Vielleicht hatte sie ja recht mit ihrer Sorge gehabt, dass sie womöglich beide schnell hier wegmussten, vielleicht hatte Herman doch mehr Angst, als er zugeben konnte. Oder er wollte selbst etwas unternehmen, während sie weg war.

»Großartig«, meinte sie, setzte ein Lächeln auf und streckte die Hand durch den Türspalt. »Ich gebe ihm die Schlüssel. Danke, dass Sie vorbeigekommen sind. Bitte danken Sie auch Alan von mir.«

»Ich fürchte, Sie müssen vorher noch ein paar Formulare unterschreiben, Mrs Banks«, sagte Hattie und stampfte mit den Füßen, um warm zu bleiben und außerdem noch einmal deutlich zu machen, dass sie gern ins Haus kommen wollte. Sie trug ihr übliches Tweed-Kostüm, das bei dem bitterkalten Wetter nicht ausreichend war. Amber fühlte sich schrecklich, weil sie Hattie nicht hereinbat, dachte aber an Herman und seine Warnung.

»Ich hole nur schnell meinen Mantel«, sagte sie und schloss die Tür vor Hatties Nase.

Zum Trost kam sie mit zwei Mänteln zurück und hoffte, Hattie würde die Entschuldigung in ihrem Gesicht sehen, als sie ihr den Mantel überreichte. Ob Hattie verstand, wie er gemeint war, blieb unklar, aber sie zog ihn sofort an. Dann füllten sie auf der Kühlerhaube von Hatties Wagen im Scheinwerferlicht des Mercedes die Dokumente aus.

»Alan, Sie können ruhig schon einsteigen, ich fahre Sie gleich zurück zum Verleih«, sagte Hattie freundlich, aber bestimmt, und es war klar, dass sie Amber kurz unter vier Augen sprechen wollte.

Sofort wurde Amber wieder nervös.

»Liebes«, sagte Hattie und umfasste Ambers eiskalte Hände. Überrascht ließ Amber es geschehen. »Jetzt sind wir ja nicht im Haus, und Sie können es mir sagen – ist es noch einmal passiert?«

»Ist was noch einmal passiert?«, fragte Amber, und sie war ehrlich unsicher. Wollte Hattie wissen, ob sie noch eine Affäre hatte? Oder ob sie sich wieder mit Herman gestritten hatte? Ob er sie noch mal am Handgelenk verletzt hatte? Ob der Schlüssel zur Hintertür wieder klemmte? Das alles konnte gemeint sein.

»Die Einrichtung. Ihre *Sachen*«, flüsterte Hattie, und Amber bekam eine Gänsehaut. »Ist wieder etwas davon verschwunden?«

Wie kam Hattie nur darauf, diese Frage zu stellen? Sie wusste doch nur von der Uhr und war wegen der Kronleuchter misstrauisch gewesen, aber dass so etwas zweimal passierte, war ja schon seltsam genug, ohne dass man gleich auf die Idee kommen musste, dass es noch einmal vorkommen könnte. Trotzdem fühlte Amber sich plötzlich sehr erleichtert. Hier war jemand, der wusste, was in diesem Haus los war, eine Frau, die beruhigend ihre Hand hielt, die ihr helfen wollte und der sie ihre Sorgen anvertrauen konnte. Vielleicht gab es ja doch eine Möglichkeit, dieser schrecklichen Tortur zu entfliehen.

Doch dann hörten sie plötzlich ein Klopfen am Fenster und erstarrten beide. Langsam wandten sie sich um.

»Ich muss wieder rein«, sagte Amber hastig und ließ Hattie stehen.

»Warten Sie, die Papiere«, rief Hattie, kritzelte auf der Kühlerhaube noch schnell etwas auf einen Zettel, gab Amber die Unterlagen für den Mietwagen und steckte den Zettel in die Manteltasche. Dann zog sie den Mantel aus und gab ihn Amber mit einem vielsagenden Blick zurück.

»Es ist die Adresse von einem Mann, der früher mal hier gewohnt hat«, sagte Hattie in ihrem üblichen professionellen Ton und drückte Amber die Autoschlüssel in die Hand. »Besuchen Sie ihn mal, vielleicht kann er helfen. Und danke für den Auftrag, Mrs Banks«, sagte sie mit einem kleinen Lächeln.

»Danke, Hattie.« Amber nahm wieder ihre Hand und schüttelte sie. »Bitte sagen Sie doch Amber zu mir.«

»Viel Glück, Amber«, flüsterte Hattie und ging rasch zu ihrem Auto zurück.

X

Als Amber am nächsten Morgen erwachte, war die Kaminverkleidung in ihrem Schlafzimmer weg, und sie verließ das Haus, sobald sie geduscht und angezogen war. Auch ohne nachgeschaut zu haben, war sie sicher, dass sämtliche Verkleidungen der offenen Kamine im Haus verschwunden waren.

Herman folgte ihr in einigem Abstand. Sie war früher weggegangen, als er erwartet hatte, aber sobald er sie unten herumlaufen hörte, verließ er das Gästezimmer und zog sich im Schlafzimmer eilig an. Seine Kleider fühlten sich eng und unnatürlich an, nachdem er wochenlang nur in Pyjama und Bademantel herumgelaufen war. Er konnte nicht umhin, mit einer Mischung aus Angst und Bewunderung festzustellen, dass der gusseiserne Kamin aus dem Schlafzimmer verschwunden war. Ob sonst noch etwas weg war, überprüfte er nicht, und da er an diesem Morgen keine Zeit hatte, in seinem Arbeitszimmer nach der neuesten Romanfortsetzung zu sehen, ging er einfach davon aus, dass ein so kostbares Stück wie der Kamin mindestens für ein paar Kapitel ausreichte. Es freute ihn immer, wenn ein weiterer Teil des Buchs erschien, und er hoffte inständig, dass ihnen die Wertgegenstände nicht ausgingen, bevor das Ende des Romans erreicht war. Aber wenn er sich Sorgen darüber machte, tröstete er sich sofort damit, dass er ja Millionen zur Verfügung hatte und im Handumdrehen weitere Kostbarkeiten zur Verfügung stellen konnte.

Er hatte schon sehr lange nicht mehr am Steuer gesessen – abgesehen davon, dass er einen Golf-Buggy auf dem Golfplatz gefahren hatte und ein bisschen auf seiner privaten karibischen Insel herumgekurvt war –, und mit dem Fahren auf der linken Straßenseite hatte er überhaupt keine Übung. Immer wieder musste er sich ermahnen, die Linie auf der Straßenmitte zu beachten, aber allzu oft war diese gar nicht vorhanden. Außerdem war die Landstraße schmal, kurvenreich und erforderte seine volle Aufmerksamkeit. In den USA benutzte er immer einen Limousinen-Service, und in New York beschäftigte er einen Chauffeur. Zum Glück gab es so gut wie keinen Verkehr, und so konnte er sich in aller Ruhe auf die Straßenverhältnisse konzentrieren. Obwohl er wusste, dass Amber, die ein gutes Stück vor ihm herfuhr, eine umsichtige Fahrerin war, überraschte es ihn trotzdem, wie gut sie unter diesen Umständen zurechtkam. Es gab Augenblicke, in denen er fast sicher war, sie verloren zu haben, aber wenn die Straße dann wieder ein Stück gerade verlief, tauchte Ambers Jeep wieder auf.

Eigentlich war er davon ausgegangen, dass sie nach Bath fahren würde, was eine fast eineinhalbstündige Fahrt bedeutete, aber als sie sich dem Dörfchen Litherly näherten, leuchteten plötzlich Ambers Bremslichter auf. Auch Herman trat auf die Bremse, denn er wollte ihr auf keinen Fall so nahe kommen, dass sie ihn entdeckte. Dann setzte Amber abrupt den Blinker nach links und verließ das Dorf, schlängelte sich durch eine Reihe schmaler Sträßchen, die immer weiter aufs Land führten. Etwa zehn Minuten lang fuhr sie durch ein Labyrinth von Abzweigungen, und es war unverkennbar, dass sie schon einmal hier gewesen sein musste. Schließlich drosselte sie das Tempo und hielt vor einem bezaubernden Tudor-Häuschen mit einer dekorativen Fachwerkfassade, großen qualmenden Schornsteinen mit hübschen Aufsätzen und hohen schmalen Fenstern mit Butzenscheiben.

Um nicht entdeckt zu werden, blieb Herman ein Stück zurück, konnte aber sehen, wie die Tür des Hauses sich öffnete und ein Mann etwa in Hermans Alter erschien, um Amber zu empfangen. Er war gutaussehend, athletisch gebaut und lächelte Amber freundlich entgegen. Die Hand ein Stück über ihrem Kreuz, führte er sie ins Haus, dann fiel die Tür hinter ihnen ins Schloss. Herman platzte fast vor Wut, stieg aus dem Jeep, wollte zur Tür rennen, klopfen, hineinstürmen und die beiden zur Rede stellen. Aber in letzter Sekunde entschied er sich dagegen. Er musste warten, auch wenn es ihn innerlich fast zerriss. Er musste wissen, wie lange seine Frau bei diesem Mann blieb und ob er den beiden noch weiter nachspionieren musste, um Beweise zu bekommen. So blieb er schweren Herzens in seinem Jeep sitzen, weinte und kam sich vor wie ein Idiot, weil Amber ihn wieder belogen hatte – ausgerechnet jetzt, wo er ihr doch so gern verzeihen wollte, hatte sie ihn erneut betrogen.

Eine Stunde später kam sie mit gesenktem Kopf aus dem Haus und ging geradewegs zu ihrem Auto. Während sie weg gewesen war, hatte Herman in einer Seitenstraße gewendet, so dass sie nicht an ihm vorbeikommen würde, und nun machte er sich bereit, ihr zurück zu ihrem Haus zu folgen. Als sie die Straße erreichten, die auf die Hauptstraße – und einzige Straße – des Dorfs mündete, rechnete er fest damit, dass sie nach rechts abbiegen würde. Aber sie fuhr nach links, und er saß da, sah ihr Auto in der Ferne verschwinden und überlegte, was er jetzt tun sollte. Nach links ging es zu seiner Frau, nach rechts zu seinem Roman. Schließlich entschied er sich für Letzteres. *Burns' Estate* rief nach ihm.

Amber folgte ihrem Navi, das sie zuverlässig durch die belebten Straßen von Bath führte, und war froh, Menschen zu sehen, die einfach ihren täglichen Erledigungen nachgingen. Das erinnerte sie daran, dass nicht die ganze Welt stehengeblieben war, sondern vielleicht nur ihre. Manchmal ging sie nach ihrem Vormittagstermin bei Fred ins beliebteste, belebteste Café von Bath und setzte sich mitten in den ganzen Betrieb, einfach, um sich wieder als ein Teil des Lebens zu fühlen. Des »normalen« Lebens.

»Sie haben Ihr Ziel erreicht«, sagte die Frau auf dem Navi plötzlich.

»Nein, das kann nicht stimmen«, widersprach Amber und schaute sich um. »Verdammt.« Sie löschte die Route und gab die Adresse noch einmal genauso ein, wie Hattie sie ihr gegeben hatte.

»Sie haben Ihr Ziel erreicht«, plingte es sofort wieder, als sie auf »Enter« gedrückt hatte.

Amber knurrte, kramte ihr Handy aus der Tasche und rief Hattie an, um sie zu fragen, aber sie antwortete nicht.

In Hatties Auto klingelte das Handy, gerade als sie die Tür hinter sich zugemacht hatte. Ihr fiel gleich auf, dass keiner der beiden Wagen vor *Burns' Estate* stand, eine Seltenheit. Also waren sowohl Amber als auch Herman unterwegs. Diese Gelegenheit konnte Hattie sich nicht entgehen lassen. Schnell ging sie zur Vorderseite des Hauses und besah sich die Fenster. Überall waren die Vorhänge zugezogen. Nach einem kurzen Blick über die Schulter, mit dem sie sich vergewisserte, dass sich niemand hinter ihr in der Auffahrt befand, nahm sie ihren Mut zusammen, lief um das Haus herum und versuchte, in die Fenster zu spähen. Alle waren abgedeckt, aber als sie zur Rückseite des gigantischen Gebäudes gelangte, sah sie, dass die Vorhänge hier nicht zugezogen waren.

Schnell stapelte sie ein paar herumliegende Kisten aufeinander, kletterte darauf, legte die Hände schützend ans Gesicht, um das Tageslicht zu blockieren, und lugte hinein. Der Anblick verschlug ihr den Atem. Vor ihr lag das Speisezimmer, das früher prächtig eingerichtet und mit einem kostspieligen Esstisch, mit Gemälden, Lampen, Teppichen und Sideboards ausgestattet gewesen war, aber jetzt war der Raum, abgesehen von ein paar verlassenen Lampen auf einsamen Beistelltischchen, vollkommen leer.

Sie musste Amber anrufen und sie überreden, sich für eine Weile bei ihr oder wenigstens in irgendeinem Hotel einzuquartieren. Am besten erfand sie ein Asbestproblem und zwang die beiden so, das Haus zu verlassen – sie hatte die Sache viel zu lange schleifen lassen. Aber als sie wieder von den Kisten heruntersteigen wollte, bekam sie einen Höllenschreck, denn direkt neben ihr stand Herman Banks.

Hattie stieß einen Schrei aus und ließ ihre Schlüssel fallen.

»Hallo«, sagte Herman ruhig.

»Hallo, Mr Banks.« Hattie kletterte von den Kisten, fummelte an ihrem Rock herum und bückte sich, um die Schlüssel aufzuheben. »Tut mir leid, ich war nicht sicher, ob jemand zu Hause ist. Ich habe geklingelt, aber dann bin ich doch lieber ums Haus herumgegangen, um mich zu vergewissern. Manchmal funktioniert die Klingel ja überhaupt nicht«, erklärte sie und hörte selbst das Zittern in ihrer Stimme. »Tja, ich bin vorbeigekommen, um Ihnen das hier zu geben.« Sie reichte ihm einen einzelnen Schlüssel, und auch dieser zitterte, als sie ihn vorsichtig in Hermans offene Hand legte.

Doch er schaute sie amüsiert an, fast so, als würde er ihre Verlegenheit genießen.

»Das ist der Schlüssel für die Hintertür. Mrs Banks hat gesagt, dass Ihrer immer wieder klemmt, da habe ich einen neuen für Sie machen lassen. Der müsste funktionieren«, meinte sie mit einem nervösen Lächeln.

Kurz überlegte sie, ob sie das Asbestproblem vielleicht jetzt schon erwähnen sollte, zusammen mit dem Vorschlag, gleich ein paar Leute herzuschicken, die sich darum kümmern würden, aber sein Blick, seine kalten Augen in dem Gesicht, das durch den Bart so verändert wirkte, machten ihr klar, dass es besser war, dieses Thema mit Amber zu besprechen.

»Dann geh ich jetzt wieder, Mr Banks«, sagte sie, und als sie sich abwandte, spürte sie sofort seinen Blick im Rücken. Als sie schon fast um die Hausecke war, hörte sie ihn ihren Namen rufen. »Ja?«, antwortete sie und drehte sich um.

»Lassen Sie sich nicht noch einmal dabei erwischen, wie Sie hier rumschnüffeln«, sagte er mit leiser, warnender Stimme.

»Ich habe nicht …« Sie brach ab und schluckte. »Ja, Mr Banks.« Dann ging sie schnellen Schrittes zu ihrem Auto.

»Entschuldigung.« Amber klopfte ans Fenster des Pförtnerhäuschens vor dem Gebäude, zu dem ihr Navi sie gebracht hatte. Ein freundlicher Sicherheitsmann um die sechzig öffnete die Tür und kam zu ihr heraus.

»Ich suche diese Adresse, aber mein Navi dirigiert mich immer wieder hierher«, erklärte Amber, ein bisschen gestresst, weil sie bereits seit einer halben Stunde im Kreis fuhr. »Gibt es in der Gegend irgendetwas mit einem ähnlichen Namen?«

Der Mann setzte seine Brille auf und nahm ihr den Zettel mit der Adresse ab.

»Arthur Willis«, las er den Namen vor.

»Kennen Sie ihn?«, fragte sie. »Wohnt er in der Nähe?«

»Ja, den kenne ich allerdings. Sie sind genau an der richtigen Adresse. Er wohnt hier«, antwortete er und deutete auf das Gebäude, vor dem sie standen.

Amber folgte seinem Blick und seufzte. *»Psychiatrische Klinik St. Dymphna?«*

Zögernd ging sie zum Empfang und musste sich bei jedem Schritt zwingen, nicht wegzulaufen. Aber wenn sie daran dachte, in das immer leerer werdende Haus zurückzukehren, zu Herman mit seinem gehetzten Blick und zu ihrer zerbrochenen Ehe, ging sie doch lieber schnell weiter.

»Ich möchte bitte zu Arthur Willis«, sagte sie nervös.

»Arthur Willis«, wiederholte die Frau und tippte den Namen in den Computer ein.

Eine Schwester, die im Empfangsbereich mit irgendwelchen Papieren beschäftigt war, blickte auf. Hastig sah Amber in die andere Richtung.

»Schon okay, Ella, ich kümmere mich darum«, rief die Schwester der Frau hinter dem Computer zu. »Erwartet Arthur Sie?«, fragte sie dann Amber.

Amber schüttelte den Kopf und spürte, wie ihre Beine zu zittern begannen. »Vielleicht sollte ich ein andermal wiederkommen.« Sie wandte sich zum Gehen.

»Nein, warten Sie.« Die Schwester hielt Amber am Arm fest, und die anderen Leute am Empfang taten so, als bemerkten sie es nicht. »Oh, Entschuldigung«, sagte die Schwester und ließ Ambers Arm wieder los. »Ich mag Mr Willis, und er bekommt nicht oft Besuch.«

Jetzt meldete sich Ambers Gewissen, und sie beschloss zu bleiben. Während Helen, die junge Krankenschwester, Amber durch das Labyrinth von Gängen und Stockwerken führte, erzählte sie, dass sie seit acht

Jahren im Krankenhaus arbeitete und sich in dieser Zeit immer wieder um Arthur Willis gekümmert hatte, der seit zwanzig Jahren in unregelmäßigen Abständen in die Klinik kam.

»Was fehlt ihm denn?«, fragte Amber, obwohl sie vor der Antwort ein bisschen Angst hatte.

»Er leidet unter schwerer Paranoia, innerer Unruhe und schizophrenen Episoden – das meiste hervorgerufen durch das Trauma, das er erlebt hat.«

»Ein Trauma? Was ist mit ihm passiert?«

»Seine Frau und seine Kinder sind verschwunden.«

Amber schluckte. »Seine Frau und seine Kinder sind verschwunden?«

»Ja, über Nacht, aus einem Haus etwa eine Stunde von hier. Ich glaube, der Ort heißt Litherly.« Am Fuß der nächsten Treppe blieben sie stehen, und Helen sah Amber aufmerksam an. »Kennen Sie ihn gut?«

Amber schüttelte den Kopf. »Eine gemeinsame Freundin hat mir gesagt, ich soll ihn besuchen, wenn ich in der Gegend bin.«

»Da wird er sich bestimmt freuen.« Jetzt machte Helen sich auf den Weg die Treppe hinauf, und Amber folgte ihr.

»Dann ist er also schon des Öfteren hier gewesen, sagen Sie? Warum kommt er immer wieder zurück?«

»Mr Willis ist auf freiwilliger Basis hier, er liefert sich selbst ein, und obwohl wir seine Wiedereingliederung in die Gesellschaft unterstützen, ist es wegen seines Verhaltens sehr schwierig, eine Unterkunft für ihn zu finden.«

»Was ist das denn für ein Verhalten?«

»Ach, machen Sie sich keine Sorgen, nichts, wovor man Angst haben müsste, aber im letzten Übergangsheim hat er sämtliche Möbel in den Garten geschleppt, als die anderen gerade mal nicht da waren. Er hat darauf bestanden, dass nichts im Haus bleiben darf. Und das hat er schon ein paarmal gemacht«, erklärte Helen.

Amber hielt sich am Geländer fest, denn ihr wurde schwindlig. »Warum besucht ihn niemand von seiner Familie?«

»Es kommt immer mal wieder jemand von ihnen, aber Arthur will sie nicht sehen.«

»Wie kommen Sie dann darauf, dass er mich sehen will?«

»Vielleicht will er es auch nicht. Aber einen Versuch ist es auf jeden Fall wert«, lächelte Helen. »Sie können hier warten, ich sage ihm Bescheid.«

Als Helen mit quietschenden Leinenschuhen ins Besucherzimmer zurückkehrte, konnte man Arthurs Antwort von ihrem Gesicht ablesen.

»Tut mir leid.« Es klang ehrlich.

»Schon gut.« Amber nahm ihre Handtasche und wollte gehen. »Vielleicht … vielleicht ändert es etwas, wenn Sie ihm sagen, dass ich auf *Burns' Estate* wohne.«

Unsicher sah Helen sie an. »Ich kenne Mr Willis, und wenn er eine Entscheidung trifft, dann ist sie unwiderruflich. Und ich möchte nicht, dass Sie nachher enttäuscht sind.«

»Ich werde nicht enttäuscht sein«, versprach Amber mit einem schnellen Lächeln. »Aber vielleicht funktioniert es.«

Helen verschwand wieder.

Eine alte Frau, die eine Dose umklammerte und im Bademantel allein am Fenster stand, begann auf einmal, mit der flachen Hand gegen die Fensterscheibe zu schlagen. Amber fuhr vor Schreck heftig zusammen. Was sollte sie tun? Niemand kam ihr zu Hilfe, und die alte Frau hörte nicht auf, sondern stieß jetzt statt mit der Hand mit dem Kopf gegen die Scheibe. Amber bekam Angst. Auf einmal hatte sie das Gefühl, dass ihr Ausflug ein großer Fehler gewesen war. Hastig stand sie auf und wäre um ein Haar von einer Schwester umgerannt worden, die zu der alten Frau eilte. Dann stand plötzlich Helen vor ihr und reckte triumphierend den Daumen in die Höhe. Amber wurde in ein kleines Zimmer geführt. Es hatte ein eigenes Bad, war aber sehr spärlich möbliert – ein Bett, ein Schrank und auf der anderen Seite des Betts ein Sessel. Dort saß Arthur Willis und schaute aus dem Fenster. Als Amber hereinkam, drehte Willis sich nicht einmal um, und sie nahm neben der Tür auf dem Stuhl Platz, den Helen ihr brachte.

»Hallo.«

Willis sah sie kurz an, ohne Interesse oder Ablehnung auszudrücken, blickte dann aber gleich wieder aus dem Fenster. Amber zog den Kopf ein und nahm ihren ganzen Mut zusammen.

»Ich bin Ihnen dankbar, dass Sie mich empfangen, obwohl Sie keine Ahnung haben, wer ich bin. Mein Name ist Amber Banks. Ich wohne mit meinem Mann Herman Banks auf *Burns' Estate* in Litherly.«

Jetzt schaute er sie an, aber sie wusste nicht, ob es wegen Hermans Namen war oder weil sie das Haus erwähnt hatte.

»Ich glaube, Sie haben da vor einiger Zeit gewohnt, mit Ihrer … Ihrer Familie. Es tut mir sehr leid, was Ihnen passiert ist.«

Er schaute wieder aus dem Fenster.

»Ich habe gehofft, wir könnten uns darüber unterhalten, wie es für Sie war, auf *Burns' Estate* zu leben. Ob Ihnen ungewöhnliche Leute aufgefallen sind oder irgendetwas …«

Auf einmal knallte er die Faust auf die Armlehne seines Sessels und schrie so laut, dass Amber vor Schreck fast aus dem Stuhl gesprungen wäre. »Journalistin! Raus! Raus! Journalistin! Dreck! Abschaum! Raus! Parasiten!« Er sah sie nicht an, brüllte aber unablässig weiter, eine Art Mantra, und bei jedem Wort wurde sein Gesicht röter.

»Nein, bitte hören Sie auf.« Amber erhob sich. »Ich bin keine Journalistin. Nein«, versuchte sie ihn zu übertönen. Sie öffnete die Tür einen Spalt und sah Helen mit besorgtem Gesicht den Korridor entlangeilen. Schnell schloss sie die Tür wieder und lehnte sich mit ihrem ganzen Körpergewicht dagegen. »Ich bin keine Journalistin«, rief sie, so laut, dass Willis auf einmal still war. Sie dagegen schrie weiter. »Ich bin bloß eine Frau, die in *Burns' Estate* wohnt, ich bin mit meiner Weisheit am Ende und suche Hilfe bei Ihnen. Mein Mann versucht, ein Buch zu schreiben, aber er hat sich verändert, er führt sich auf wie ein Verrückter, und unsere Sachen – Bilder, Schmuck, Möbel, sogar die offenen Kamine, alles ist … verschwunden, und ich habe keine Ahnung, wer dafür verantwortlich sein könnte …« Plötzlich begann sie zu weinen. Sie spürte, wie Helen hinter ihr die Tür aufzudrücken versuchte, aber Amber hielt dagegen, mit all der Wut, die in ihr brodelte.

»Amber, lassen Sie mich rein. Mr Willis, alles in Ordnung mit Ihnen? Amber! Was machen Sie denn da? Herr des Himmels, Jimmy, hilf mir doch bitte mal, ja?«

»Das Haus. Irgendwas stimmt da nicht«, fuhr Amber fort. »Es bringt uns immer weiter auseinander, es treibt uns in den Wahnsinn. Ich weiß ja, dass ich auch mit Schuld habe«, fuhr sie fort, hielt die Tür aber trotz des verstärkten Drucks von draußen weiter zu. »Aber so etwas wollte ich doch nicht. Niemals. Ich wollte doch nur, dass er mich anschaut und dass er mich sieht, wenn er mich anschaut.« Dann ließen ihre Kräfte plötzlich nach, sie brach in Tränen aus und wurde mit Gewalt von der Tür weggerissen, als Helen und Jimmy ins Zimmer stürzten. Blitzschnell verschafften sich die beiden einen Überblick über die Situation – eine schluchzende Amber und einen stummen Arthur Willis im Sessel auf der anderen Seite des Raums.

»Was in aller Welt geht hier vor?« Helen sah Amber vorwurfsvoll an. »Ist alles in Ordnung, Mr Willis?«, fragte sie dann und eilte zu dem alten Mann, während Jimmy sich Amber zuwandte. »Das reicht jetzt, kommen Sie mit«, sagte er sanft, aber bestimmt.

»Ja, verschwinden Sie!«, zischte Mr Willis im gleichen Moment, leise, resigniert, mit vom Schreien heiserer Stimme.

Jimmy versuchte, Amber am Arm wegzuziehen.

»Okay, okay«, sagte sie und wollte sich losmachen. »Ich geh ja schon.«

»Verschwinden Sie! Verschwinden Sie! Verschwinden Sie!«, rief Mr Willis und geriet wieder in Aufregung.

»Schon gut, Mr Willis, Mrs Banks ist schon unterwegs«, meinte Helen beruhigend und durchbohrte Amber mit Blicken.

»Ja, ich bin gleich weg«, beteuerte sie und wischte sich über die Augen, um einen einigermaßen würdevollen Abgang bemüht.

»Verschwinden Sie!«, wiederholte Willis mit drohender Stimme und stand auf.

Als Helen ihn sanft in den Sessel zurückdrücken wollte, sprang der alte Mann erstaunlich flink auf, durchmaß mit vier schnellen Schritten den Raum und packte Amber am Arm.

»Verschwinden Sie«, knurrte er noch einmal mit leiser, tiefer Stimme.

»Das versuche ich ja«, entgegnete sie, schniefte, und wieder fingen die Tränen an zu fließen.

Jimmy bemühte sich, Ambers Arm aus Arthurs Griff zu befreien, aber Arthur schubste ihn weg.

»Verschwinden Sie sofort aus diesem Haus«, sagte er, und nun klang seine Stimme nicht mehr drohend, sondern eindringlich. »Er darf das Buch auf gar keinen Fall fertigschreiben.«

XI

Edwin kniete am Grab seines Vaters und weinte. Schon bald, nachdem er ins Gefängnis gekommen war, hatte das Geschäft Bankrott gemacht, denn niemand wollte sein schwerverdientes Geld beim Vater eines Mörders ausgeben. Eine Zeitlang hatte die Familie noch mit den nicht unbeträchtlichen Ersparnissen überlebt, aber nach fünf Jahren hatte Bertram, Edwins Vater, schließlich bei einem ansässigen »Geschäftsmann«, der eigentlich nicht dafür bekannt war, dass er Menschen in Not half, einen Kredit aufgenommen. Wie nicht anders zu erwarten, nutzte der Mann Bertrams Notlage aus, und Bertram begriff erst, als der Handel abgeschlossen und es für einen Rückzieher zu spät war, dass er niemals in der Lage sein würde, das ganze Geld zurückzuzahlen, vor allem, da sein Gesundheitszustand sich rapide verschlechterte und er nicht mehr arbeiten konnte. Und so hatte die Zwangsenteignung begonnen.

Natürlich war es für Bertrams Gesundheitszustand alles andere als zuträglich, mitansehen zu müssen, wie seiner Familie ein Besitzstück nach dem anderen entrissen wurde. Zwei Jahre vor Edwins Entlassung starb er schließlich, an gebrochenem Herzen, wie man sagte.

»Am Ende hat er Schwäche gezeigt«, sagte Edwins Mutter, und in ihrer Stimme war die Abscheu vor dem Mann, mit dem sie über dreißig Jahre verheiratet gewesen war, deutlich zu hören. Ihr Ton schockierte Edwin, und es machte ihn krank, sie so über seinen Vater sprechen zu hören, aber sie war hart geworden im Lauf der Jahre, hatte sich eine Elefantenhaut zugelegt, um zu überleben, und von der verwöhnten Frau, die im Gericht jeden Tag um ihren Sohn geweint hatte, war nicht viel übriggeblieben. Zum ersten Mal in seinem Leben sah Edwin mehr von sich selbst in seiner Mutter als in seinem Vater.

»Er hätte nicht bei diesem Mann Hilfe suchen sollen, und niemals hätte er ihn in unserem Haus empfangen dürfen. Aber er hat sich verlocken lassen von dem leeren Versprechen, viel Geld zu haben, endlich schuldenfrei zu sein. Ich hätte lieber Schulden gehabt als einen Teufel in meinem Haus. Er hat uns alles genommen.«

»Aber Mutter, wenn es nichts mehr zu holen gibt, was kann er uns dann noch antun? Jetzt kann er nichts mehr anrichten.«

»Er ist der Teufel, mein Sohn. Er hat deinem Vater die Seele gestohlen.«

»Vielleicht kann ich ihn fragen, ob er Arbeit für mich hat, und die Schulden auf diese Weise abbezahlen. Diesem Vorschlag muss er zustimmen, denn sonst haben wir ihm ja nichts mehr zu geben.«

»O doch - er plant, sich deine Tochter zu nehmen.«

»Margaret? Aber was soll sie denn für ihn arbeiten? Das wird an unseren Schulden kaum etwas ändern.«

Wieder lachte seine Mutter leise, aber in ihren Augen war keine Fröhlichkeit. »Das Gefängnis hat dein Hirn weichgemacht. Er möchte nicht, dass sie für ihn arbeitet, er möchte sie zur Frau nehmen.«

»Aber sie ist doch noch ein Kind.«

»Sie ist zwölf, also mündig, und er wird nicht lockerlassen, bis er sie bekommt. Er hatte es ja schon die ganze Zeit über auf sie abgesehen.«

Auf einmal stieg in Edwin ein unglaublicher Zorn auf, eine wahnsinnige Wut, wie er sie in seinem Leben nur einmal gespürt hatte - in der Nacht, in der er seine Frau ermordet hatte. »Wer ist dieser Mann?«, fragte er.

Seine Mutter spürte die Veränderung in ihm und setzte sich auf, in der Hoffnung, einen Komplizen gewonnen zu haben.

»Sein Name ist Rufus Sawyer. Ich glaube, du kennst ihn als Liebhaber deiner Frau.«

Herman hörte den Schlüssel in der Tür und legte das Manuskript beiseite. Er war wütend, war den ganzen Tag schon wütend gewesen, aber nun erfüllte ihn derselbe Wahnsinn, der auch in Edwin Grey tobte. Während er auf Ambers Rückkehr wartete, war er sich vorgekommen wie ein Raubtier im Käfig, der Zorn hatte so heftig in ihm gebrodelt, dass er das Gefühl hatte zu platzen. Draußen war es schon längst dunkel; Amber war den ganzen Tag weg gewesen und nicht an ihr Handy gegangen, so dass der Ärger die Chance gehabt hatte, sich in ihm auszubreiten, und inzwischen war er doppelt wütend, da auch Edwin Greys Gefühle in ihm tobten, dessen Zorn darüber, dass der Mann, der ihm die Frau weggenommen hatte, nun auch seine Tochter wollte, die doch noch ein Kind war. Diese Wendung hatte Herman nicht kommen sehen, es war ein Einfall des Ghostwriters gewesen, aber er gefiel Herman ausnehmend gut. Er war perfekt. Er erreichte genau das, was er erreichen wollte: Er erfüllte den Leser mit Emotionen und brachte ihn dazu, auf persönlicher Ebene auf die Romanfigur zu reagieren. Die Identifikation mit seinem Protagonisten war das Allerwichtigste für ihn. Und nun, da Amber zu Hause war, würde er seine Frau nicht nur mit seiner eigenen Wut, sondern dazu noch mit der Wut seiner Hauptfigur konfrontieren.

»Na, hast du einen schönen Tag gehabt?«, fragte er scheinbar freundlich und näherte sich ihr von hinten.

Amber seufzte, und als sie sich umdrehte, bemerkte er ihr verweintes Gesicht, die roten Augen, die verstopfte Nase. Zuerst erwischte ihn der Anblick auf dem falschen Fuß, aber dann wappnete er sich schnell dagegen.

»Nein«, schniefte sie. Neue Tränen liefen ihr über die Wangen, und sie machte sich nicht die Mühe, sie wegzuwischen. »Mein Tag war schrecklich, Herman.«

»Konnte dein Freund dich nicht aufheitern?«

»Mein Freund? Herman, ich hab dir doch gesagt, dass ich nicht mehr mit ihm rede. Seit drei Monaten haben wir kein Wort mehr gewechselt. Es ist vorbei. Aus und vorbei. Wie oft muss ich dir das denn noch sagen?«

»Ich meine nicht deinen Freund aus New York, Amber. Ich bin dir heute Morgen gefolgt.«

»Du bist mir *gefolgt*?« Sie setzte an, etwas zu sagen, brach mittendrin ab und rannte zur Treppe. Aber Herman packte ihren Arm und riss sie zurück.

Sie schrie auf vor Schmerz.

»Wo willst du denn hin?«

»Kannst du dir das nicht denken? Ich gehe nach oben und packe meine Sachen. Ich will nach Hause, weil ich genug habe von dieser Umgebung und genug davon, wie du dich verändert hast, genug davon, dass du dich benimmst wie ein Monster. Ich will nur noch nach Hause. Ich möchte, dass alles wieder so wird wie früher …«

»Aber wir können nicht zurück!«, brüllte er. »Du hast alles kaputtgemacht.«

»Dann lass es mich wieder in Ordnung bringen! Aber das kann ich hier nicht, nicht in diesem alten, unheimlichen Gemäuer. Ich muss nach Hause, Herman«, beteuerte sie, flehte beinahe und ging auf ihn zu. »Ich liebe dich, ich will immer bei dir bleiben, aber hier kann ich nicht leben. Bitte komm mit mir nach Hause.«

»Damit du mich wieder anlügen kannst?«, schrie er sie an, griff nach einer Lampe und schleuderte sie quer durchs Zimmer, so dass sie zerschellte. Alles wurde dunkel.

»Wer ist dieser Mann, Amber? Wer ist er? Sag es mir. Ist er interessanter als ich? Ist er reicher als ich? Ist er besser im Bett? Ist das der Grund, du dumme Schlampe?«, schrie er, und dann warf er ihr jedes Schimpfwort an den Kopf, das ihm einfiel. Auch als sie ihm die Schlafzimmertür vor der Nase zuknallte und verriegelte, ließ er nicht locker, sondern hämmerte mit den Fäusten dagegen, traktierte sie mit Tritten, lief davor auf und ab, fluchte und beleidigte Amber weiter, während er sie drinnen weinen hörte. Jedes Schluchzen spornte ihn noch mehr an. Er wollte sie verletzen, er wollte, dass sie sich erbärmlich und ungeliebt fühlte, nutzlos und unerwünscht, dass sie all das empfand, womit er selbst jeden Morgen aufwachte, all das, was er jede Nacht in seinen Träumen fühlte.

Schließlich hörte ihr Schluchzen auf, Hermans Hals brannte vom Schreien wie Feuer, er hatte genug von seinen Beleidigungen und zog sich ins Gästezimmer zurück, wo er sich in den Schlaf weinte.

Als sie den Aufruhr im Haus hörte, das Geschrei, die Beschimpfungen, das Hämmern gegen die Tür, erstarrte Hattie, die vor der Haustür stand, unschlüssig, ob sie klingeln sollte oder lieber die Polizei rufen oder nichts von beidem. Sie hatte ein gefälschtes Dokument in der Hand, das behauptete, dass Mr und Mrs Banks das Haus umgehend verlassen mussten, weil bei der Installation der Überwachungskameras Asbest entdeckt worden war, was eine sofortige Überprüfung und Absicherung erforderte. Nachdenklich blickte Hattie auf das Papier, das sie zu Hause selbst ausgedruckt hatte, aber dann stellte sie sich Herman vor, Herman und seine wütenden Augen. Er war ein intelligenter Mann, er würde die Lüge durchschauen, und in der Stimmung, in der er sich momentan befand, war es besser und auch ungefährlicher, morgen mit Verstärkung wiederzukommen. Vielleicht würde ihr Neffe sie begleiten und sich als Vertreter der Umweltbehörde ausgeben. Sicher, er war erst fünfzehn, aber sehr groß, so dass man ihn immer für wesentlich älter hielt.

Als sie zu ihrem Auto zurückging, betete sie, dass Mrs Banks unversehrt war. Und dass alle beide nicht hörten, wie sie den Motor anließ.

Als Herman am nächsten Morgen erwachte, war seine Frau nicht mehr da.

XII

Es war schon Mittag, als Herman vom Klingeln des Telefons aufwachte. Irgendwann hatte ihn die Erschöpfung übermannt, und gegen vier Uhr morgens war er in einen unruhigen Schlaf gesunken. Das Wetter schien von seiner Stimmung angesteckt und war so turbulent geworden, dass er in der Nacht befürchtet hatte, das Dach würde dem Sturm nicht standhalten. Draußen tobte noch immer der Wind, als wollten die plötzlichen Böen die Standfestigkeit der Bäume auf die Probe stellen. Ununterbrochen prasselte der Regen an die Fenster, änderte gelegentlich, so plötzlich und perfekt synchronisiert wie ein Vogelschwarm, die Richtung und suchte sich eine neue Zielscheibe.

Das Telefon klingelte wieder, und endlich merkte Herman, dass es Ambers Handy war, das er aus dem Schlafzimmer auf der anderen Seite des Korridors hörte. Nach einer Weile hörte es auf, fing aber nach kurzem wieder an mit Ambers irritierendem Klingelton, den sie viel zu laut eingestellt hatte, um ihn in jedem Zimmer des großen, dickwandigen Hauses hören zu können. In der Annahme, dass Amber irgendwo unten herumwerkelte – obwohl es immer weniger gab, mit dem sie herumwerkeln konnte –, trat Herman auf den Treppenabsatz hinaus und rief nach ihr. Totenstille antwortete ihm. Er seufzte. Schon wieder die Schweigefolter. Doch von unten war überhaupt kein Geräusch zu hören, kein Radio, kein Fernseher, nicht einmal CNN, das Amber oft extra laut einschaltete, sozusagen als Wink mit dem Zaunpfahl, dass er sich endlich darum kümmern sollte, was in der Welt draußen passierte. Entweder waren die letzten Fernsehgeräte nun auch verschwunden, oder Amber war ausgegangen. Doch als Herman aus dem Fenster blickte, sah er, dass beide Autos in der Auffahrt parkten. Panik überfiel ihn. Hatte Amber womöglich ihre Drohung von gestern Abend wahrgemacht und war wirklich nach New York zurückgeflogen? Es war untypisch für sie, dass sie ohne ihr Handy wegging, und er bezweifelte auch, dass sie bei dem scheußlichen Wetter einen Spaziergang machte, aber er war sowieso nicht mehr sicher, was eigentlich typisch für seine Frau war.

Nach einer Weile kam er zu dem Schluss, dass sie höchstwahrscheinlich noch im Bett lag und schlief, und falls die Nacht für sie auch nur annähernd so unruhig verlaufen war wie für ihn, würde sie wahrscheinlich den ganzen Tag nicht aufstehen. Vor allem, weil es im Haus so kalt war. Es fühlte sich an, als würde die Januarkälte durch die Fenster kriechen.

Gerade als er die Treppe hinuntergehen wollte, fing das Telefon wieder an zu klingeln. Er horchte an der Schlafzimmertür, ob er vielleicht die Dusche aus dem danebenliegenden Bad hören konnte, aber alles war still. Er probierte den Türknauf. Das Zimmer war noch immer verschlossen, also musste sie irgendwo da drin sein.

Er versuchte durchs Schlüsselloch zu erspähen, ob sie von innen oder von außen abgeschlossen hatte, aber der Schlüssel blockierte die Sicht.

»Amber?« Er klopfte leise. »Alles okay bei dir?« Es war eine dumme Frage, aber sonst fiel ihm nichts ein. Natürlich war nichts okay, es war schlimmer denn je, und obwohl er fest davon ausging, dass sie wieder eine Affäre hatte, kamen ihm seine Beschimpfungen der letzten Nacht inzwischen selbst etwas übertrieben vor, und jetzt, wo sein Zorn sich gelegt hatte, tat ihm der größte Teil davon leid. »Warum gehst du nicht an dein Handy?«

Schweigen.

»Ignorierst du mich?«

Die nächste dumme Frage. Wenn sie ihn ignorierte, würde sie darauf ganz sicher nicht antworten.

Er seufzte und ging nach unten in die Küche, froh, dass der Ghostwriter die Kaffeemaschine offensichtlich für wertlos hielt. Während er darauf wartete, dass die Milch warm wurde, merkte er, dass alles genauso war wie am vergangenen Abend. Die Lampe lag zerschmettert am Boden, in der Abstellkammer waren zwei Paar Gummistiefel und zwei Mäntel. Auch seine Kaffeetasse von gestern stand noch in der Spüle. Er öffnete Schränke und Schubladen. Das Wenige, was ihnen geblieben war, schien sich am üblichen Platz zu befinden. Das machte ihm aus verschiedenen Gründen Sorgen, aber einer davon machte ihm mehr zu schaffen als alle anderen zusammen. Wenn in der Nacht nichts verschwunden war, dann war auch nichts Neues geschrieben worden. Das machte ihm Angst, denn der Roman war fast fertig. In wenigen Tagen würde das Ende erreicht sein, Herman konnte es fast auf den Lippen schmecken, und er hatte sich schon ein paarmal ausgemalt, wie er mit seinem Meisterwerk nach New York zurückkehrte und alle damit in Staunen versetzte, dass er in nur einem einzigen Monat, in gerade mal dreißig Tagen, ein solches Opus zustande gebracht hatte.

Er ließ den Kaffee Kaffee sein, rannte nach oben und stürmte in sein Arbeitszimmer. Als er einen frischen Stapel mit ordentlich getippten Seiten entdeckte, war er zunächst erleichtert, hob ihn auf und drückte ihn voller Freude an die Brust.

Dann klingelte wieder Ambers Telefon.

Und bei diesem Geräusch begann sein Herz auf einmal wild zu schlagen, denn seine zweite Sorge, die er gezielt verdrängt hatte, kam plötzlich an die Oberfläche.

»Amber«, flüsterte er.

Schon rannte er wieder nach unten und klopfte an die verschlossene Schlafzimmertür. Rasch wurde aus dem Klopfen ein Hämmern, Schlagen, Treten und schließlich der Versuch, die Tür mit Anlauf aufzubrechen. Noch immer bemüht, ruhig zu bleiben, erinnerte er sich plötzlich an einen alten Trick, den sein Bruder Hank als Teenager immer angewandt hatte, wenn er nachts aus der Farm abhauen wollte. Rasch holte er ein Blatt Papier aus dem Arbeitszimmer – ein Blatt aus dem Notizbuch, das Amber ihm mitgebracht hatte, wie er sich plötzlich voller Sentimentalität erinnerte – und schob es mit zitternden Händen zur Hälfte unter der Tür durch. Mit einem Stift stieß er dann den Schlüssel aus dem Schlüsselloch, und als er hörte, wie er landete, betete er, dass er auf das Papier gefallen war. Langsam zog er das Blatt dann zurück, und zu seiner großen Erleichterung lag der alte Schlüssel tatsächlich darauf.

Nervös steckte er den Schlüssel ins Schloss und drehte ihn um, in der Hoffnung, seine Frau im Bett liegen zu sehen, in der Hoffnung, dass sie ihn gleich anschreien, ihm etwas an den Kopf werfen würde – alles wäre ihm recht gewesen, solange sie nur in diesem Zimmer war.

Das Bett war offensichtlich benutzt worden, aber es war leer. Auf dem Boden neben der Stelle, wo früher der Kamin gewesen war, standen zwei Koffer, gepackt und aufbruchbereit. Ambers Schrank war ausgeräumt. Herman wurde flau im Magen. Er stieß die Tür zum Bad auf und hoffte erneut, zu hören, wie seine Frau sich beschwerte, dass er nicht geklopft hatte. Aber das Bad war leer.

»Amber!«, rief er durch das leere, stille Haus. »Ist das irgendein Spiel? Wenn ja – es tut mir ehrlich leid, aber ich hab meine Lektion gelernt! Bitte! Bitte versteck dich nicht vor mir! Es tut mir leid, lass uns nach Hause gehen. Wir fliegen zurück nach New York, ich schreibe das Buch dort fertig. Amber!« Seine Stimme war heiser und halb erstickt von Gefühlen, er konnte die Verzweiflung und Angst darin selbst hören.

Doch dann kam ihm plötzlich ein Gedanke. »Sie ist bestimmt draußen«, sagte er zu sich, rannte die Treppe hinunter zur Haustür, riss sie auf und stürzte hinaus. Sofort klatschte ihm der Sturm den kalten Regen ins Gesicht, fuhr unter den Bademantel und blies durch den dünnen Stoff seines Pyjamas. Seine Slipper blieben im Matsch stecken, und er ließ sie einfach stehen, rannte barfuß durch die Wiesen zu dem Taubenhaus, denn er wusste, dass es einer der Lieblingsplätze seiner Frau war. Aber auch das Taubenhaus war leer, und inzwischen konnte Herman kaum noch aus den Augen sehen, so traktierten Wind und Regen sein Gesicht. Die Kälte brannte ihm auf der Brust, er weinte laut und ungehemmt, aber seine Stimme wurde vom Sturm weggetragen und seine Tränen vom Regen fortgewaschen. Völlig erschöpft, durchnässt, frierend und voller Schlamm, weil er hingefallen war, machte er sich schließlich auf den Weg zurück zum Haus. Dort blieb er eine Weile mit dem Rücken an die Haustür gelehnt stehen, ließ seinen Blick durch das nackte Haus wandern und fühlte die Leere in sich wie ein Loch in seinem Herzen.

Dann klingelte wieder Ambers Handy.

So schnell ihn seine Füße trugen, lief er nach oben und fand das Telefon auf dem Nachttisch. Atemlos nahm er den Anruf entgegen.

»Hallo?«

Langes Schweigen am anderen Ende. Dann sagte eine Stimme: »Ich möchte bitte mit Amber Banks sprechen.«

»Wer sind Sie denn?«, fragte Herman heiser und warf sich aufs Bett. Der nasse Pyjama klebte ihm am Körper.

Wieder folgte ein Schweigen, und erneut wurde Hermans Misstrauen lebendig. Der Mann hatte einen britischen Akzent, klang respekteinflößend, so dass Herman sich unwillkürlich den Mann von gestern vorstellte. »Ich kenne Sie«, verkündete er abrupt, und man hörte die Wut in seiner Stimme. »Ich habe Sie gestern mit Amber gesehen. Glauben Sie bloß nicht, dass ich nicht Bescheid wüsste«, fügte er drohend hinzu.

Schweigen.

»Ich vermute, ich spreche mit Mr Banks?«

»Ja«, knurrte Herman mit zusammengebissenen Zähnen. »Und wenn Sie auch nur daran denken sollten, meine Frau noch einmal anzufassen, werden Sie es bereuen, das schwöre ich.«

Wieder Schweigen.

»Mr Banks, ich glaube, hier liegt eine Verwechslung vor. Ich bin Dr. Barnsley. Ich weiß nicht, mit wem Sie zu sprechen glauben, aber Sie irren sich. Könnten Sie Amber bitte sagen, sie soll mich sobald wie möglich anrufen, damit wir ihren Termin verlegen können.«

»Was für einen Termin denn?«

»Den Termin von heute Vormittag, den Amber leider verpasst hat. Sie wird wissen, was ich meine. Richten Sie ihr doch bitte aus, dass ich angerufen habe.« Damit legte er auf.

Schockiert starrte Herman das Telefon an, während er im Kopf verschiedene Erklärungsmöglichkeiten durchging. Der Mann, den er gestern mit Amber gesehen hatte, sollte ein Arzt sein? Warum suchte Amber einen Arzt auf? Oder schlief sie mit dem Arzt? War sie krank? Hatte er sich wegen der Affäre womöglich doch geirrt? Wieder klingelte das Telefon, das er immer noch in der Hand hielt. Erschrocken zuckte er zusammen und nahm den Anruf ganz automatisch an.

»Amber«, sagte er ins Telefon.

»Oh. Mr Banks. Hier ist Hattie. Hattie Brown.«

»Hattie«, wiederholte er und rieb sich das Gesicht. »Hi.«

»Ich würde gerne Amber sprechen, wenn sie einen Moment Zeit hat.«

»Nein. Sie ist …« Er hörte das Zittern in seiner Stimme. »Sie ist nicht da.«

Hattie schwieg einen Moment, und als sie antwortete, sprach sie langsam und bedächtig. »Glauben Sie, dass Ihre Frau bald zurückkommt?«

»Ich weiß es nicht.« Seine Stimme versagte, und er räusperte sich ausgiebig. »Ich hoffe es. Aber ich richte ihr aus, dass sie Sie anrufen soll, wenn sie zurück ist.«

Er beendete das Gespräch, sprang auf, rannte zur Toilette und übergab sich.

Herman saß im Dunkeln im Salon, der einmal so hell und prächtig gewesen war, so warm und gemütlich, und in dem jetzt nichts mehr stand außer dem Sofa und ein paar öden Beistelltischchen. Wegen des Wetters war es noch früher dunkel geworden als sonst. Herman saß in frischen Klamotten auf dem Sofa und schaute die Nachrichten in seinem Handy durch, das er nun endlich angestellt hatte, weil er hoffte, wenn jemand Amber entführt hatte, würde er vielleicht anrufen. Er überlegte, die Polizei zu alarmieren und Ambers Verschwinden zu melden, aber er wusste nicht, wie er die Situation erklären sollte. Wie konnte er jemandem die damit verbundenen Ereignisse verständlich machen – zum Beispiel, dass Amber aus einem abgeschlossenen Zimmer verschwunden war? Außer ihm war ja niemand im Haus gewesen, das war anhand der Überwachungskameras leicht nachzuweisen. Nein, er musste warten, bis Amber zurückkam, sonst würde man ihn sofort verdächtigen. Er musste das Buch zu Ende bringen, dann würde er alles zurückbekommen, was verschwunden war. So musste es einfach sein, sonst ergab das Ganze keinen Sinn.

Dass er in dem Bemühen, Amber zu finden, sein Handy angestellt hatte, war allerdings ein großer Fehler gewesen. Eine Flut von E-Mails und SMS war über ihn hereingebrochen, die er jetzt langsam durchsah, während er von Sekunde zu Sekunde panischer wurde. Zuerst las er die von seiner Familie: Seine Schwestern hatten jede Menge ungeduldiger, wütender, trauriger, frustrierter Nachrichten geschickt. Nichts dergleichen von seiner Mutter. »Er hat viel zu tun«, hatte sie ihn schon früher immer entschuldigt, und Herman vermutete, dass sie auch jetzt noch das Gleiche tat. Aber sie bedankte sich für Blumen, für Grüße, Geld und sonstige Geschenke, die er ihr und seinem Vater geschickt hatte – Geschenke, von denen Herman nichts wusste, aber annahm, dass Amber für sie verantwortlich war. »Es ist so lieb von dir, dass du an uns denkst, obwohl wir so weit weg sind«, lautete ihre letzte Nachricht, die Herman fast das Herz brach, weil er in Wirklichkeit kaum eine Sekunde an seine Eltern gedacht hatte.

Dann kamen die Nachrichten aus der Firma – immer dringlicher baten ihn seine Sekretärin Florrie und sein Stellvertreter Jeffrey Montgomery um Rückruf. Florrie war von Anfang an seine Sekretärin gewesen, und Jeffrey, ein junger Mann Mitte dreißig, den Herman vor acht Jahren trotz einiger Einwände aus der Belegschaft eingestellt hatte, war inzwischen sein loyalster Kollege geworden und nun in seiner Auszeit für ihn eingesprungen. Jeffreys Engagement, sein angeborener Business-Instinkt und sein unkonventionelles Denken waren ganz nach Hermans Geschmack, und er wusste, dass sein Unternehmen bei allen aktuellen und geplanten Projekten enorm von Jeffreys Detailgenauigkeit und Gründlichkeit profitierte. Doch trotz Jeffreys unzweifelhafter Kompetenz klangen die Mails und Anrufe – von denen einige ausführliche Erklärungen enthielten, während andere sich auf einen einzigen Satz beschränkten oder es sogar bei der schlichten Aufforderung, endlich zurückzurufen, bewenden ließen – immer verzweifelter.

Aber Herman konnte niemanden anrufen, nicht jetzt. In ein paar Tagen würde *Der Erlöste* fertig sein, Amber würde zurückkommen, und dann konnte er sich bestimmt auch wieder auf andere Dinge konzentrieren, endlich nach New York zurückkehren und alle Bitten und Ansprüche erfüllen. Er musste nur dieses verdammte Buch zu Ende bringen. In dieser Nacht schlief er im großen Schlafzimmer, auf Ambers Seite des Betts, im Arm Ambers T-Shirt. Er atmete ihren Duft ein, weinte und betete.

XIII

Wieder erwachte er vom Klingeln eines Handys, aber diesmal war es sein eigenes. Es klingelte, hörte auf, klingelte von neuem. Er war mit dem Telefon in der Hand eingeschlafen, weil er gehofft hatte, Amber würde anrufen, aber im Lauf der Nacht war es ihm wohl aus der Hand gerutscht und hatte sich im Bettzeug verfangen. Er wühlte danach, aber als er es endlich aufspürte, hörte das Klingeln auf. Fluchend sprang er aus dem Bett und rannte durchs Haus, um nachzuschauen, ob Amber zurückgekommen war, und als er die Zimmer leer vorfand, schaute er aus den Fenstern, ob die Autos noch dastanden, und suchte den Horizont nach irgendeinem Zeichen von ihr ab. Erneut klingelte das Telefon.

»Ja«, meldete er sich, und seiner Stimme hörte man die Aufregung an.

»Herman«, hörte er am anderen Ende Jeffreys überraschte Stimme. »Bist du es, Herman?«

»Ja. Ja, ich bin es. Hi, Jeffrey, was kann ich für dich tun?«

»Was du für mich tun kannst? Herman, ich hab dich im Lauf des Monats tausendmal angerufen. Wo zum Teufel warst du denn?«

»Ich bin in England und kümmere mich um eine Privatangelegenheit, das weißt du doch. Ich habe Florrie gesagt, sie soll allen einschärfen, dass ich nicht erreichbar bin«, sagte er, so nüchtern er konnte, wobei er seinem Bild im Spiegel gezielt auswich, um seine wilden blutunterlaufenen Augen, seinen Zottelbart und sein allgemein ungesundes Äußeres nicht sehen zu müssen.

»Ja, das habe ich auch kapiert, als ich deine Vertretung übernommen habe, aber um uns herum gerät die ganze Welt aus den Fugen, Herman, damit komme ich ganz alleine nicht zurecht. Es müssen wichtige Entscheidungen getroffen werden. Der Vorstand …«

»Ignorier den Vorstand, die haben doch immer ein Problem mit irgendwas. Mach einfach weiter wie bisher, das kriegst du hin, Jeffrey.«

»Weiter wie bisher?«, wiederholte Jeffrey, und seine Stimme klang zittrig. »Ich kriege das nicht hin, ist dir das denn immer noch nicht klar?«, fuhr er leise fort. »Und der Vorstand hat ein Problem mit *dir*, Herman. Sie fordern ein Meeting, ganz dringend, heute noch, weil sie mit dir sprechen wollen.«

»Das ist unmöglich, ich bin in England«, fiel Herman seinem Kollegen ins Wort.

»Ich habe eine Konferenz über Skype organisiert«, entgegnete Jeffrey, jetzt mit fester Stimme. »Es findet heute statt, Herman, in gut drei Stunden. Der Vorstand kommt im Konferenzraum zusammen, und du musst ihnen sagen, dass alles in Ordnung ist. Das wollen sie von dir hören. Okay?«

Herman sah auf seine Uhr. Es war zehn Uhr vormittags, in New York also fünf Uhr früh.

»Bist du eigentlich auf dem Laufenden, was hier vorgeht? Ich habe dir jedenfalls alles geschickt, absolut alles, per Mail. Oh, und Herman, ich möchte nicht wissen, warum du es getan hast und wofür es sein soll, aber ich muss wissen, wo das Geld hingekommen ist.«

»Welches Geld?«

»Na, das Geld, Herman. Die Überweisung, die du vor ungefähr drei Stunden gemacht hast.«

»Ich habe nichts überwiesen.«

»O doch. Die Leute von HSBC in Genf irren sich bestimmt nicht.«

Herman bekam Herzklopfen, und er schaute nach oben zum Schreibzimmer.

»Wie viel Geld war das denn?«

»Herrgott, Herman, du erinnerst dich nicht, wie viel Geld du verschoben hast? Alles! Das ganze verdammte Vermögen.«

»Ich hab nichts verschoben, Jeffrey, ich habe überhaupt kein Geld überwiesen.« Jetzt schrie er. »Himmel nochmal, das ganze Vermögen! Das sind über zweihundert Millionen, warum lässt die Bank mich so viel überweisen, ohne dass ich persönlich anwesend bin? Das ist doch lächerlich!« Er begann auf und ab zu wandern. »Was ist bloß los? Da erlaubt sich doch jemand einen schlechten Scherz mit mir. Garantiert steckt da was Geschäftliches dahinter – warum bin ich nicht früher draufgekommen? Jetzt begreife ich endlich!«

»Herman, was ist los?«, fragte Jeffrey, auf einmal sehr ruhig. »Mischst du bei irgendwas mit? Denn wenn etwas faul ist, dann sag es mir, ich setze sofort die Polizei darauf an. Es geht um eine Menge Geld, Herman, weißt du«, fügte er lachend hinzu, aber seine Besorgnis war unüberhörbar.

»Nein, keine Polizei«, sagte Herman. »Ich werde das klären. Ich rufe die Überweisung zurück. In ein paar Tagen ist das Geld wieder auf dem Konto.«

»Was ist los, Herman?«, fragte Jeffrey noch einmal mit gesenkter Stimme.

»Ich kläre das alles«, versprach Herman, immer noch auf und ab wandernd.

»Okay«, meinte Jeffrey unsicher. »Dann bis nachher bei der Videokonferenz. Der Vorstand muss mit eigenen Augen sehen, dass du fit und zuversichtlich bist, Herman, und du musst ihnen sagen, dass es keinen Grund zur Panik gibt, okay?«

»Okay.« Aber Herman hörte ihm kaum noch zu, er war bereits unterwegs nach oben, schlängelte sich langsam in den zweiten Stock hinauf.

Als er die Tür öffnete, sah er den neuen Stapel auf dem Schreibtisch.

»Oh, und Herman«, fügte Jeffrey hinzu, gerade als Herman auflegen wollte. »Das mit deinem Vater tut mir wirklich sehr leid.«

XIV

»Anna Bell«, sagte Herman mit zitternder Stimme ins Telefon. »Ich bin's, Herman.«

Sie antwortete nicht, aber er hörte sie atmen.

»Ich muss mit Dad sprechen, bitte gib ihn mir, ja?«

Keine Antwort.

Er begann zu weinen. »Ich muss seine Stimme hören. Bitte hol ihn ans Telefon.«

»Du egoistischer Mistkerl«, zischte Anna Bell. Dann begann auch sie zu weinen. »Es ist zu spät. Du bist zu spät. Er ist tot«, schrie sie. Und legte auf. Herman krümmte sich zusammen und weinte noch mehr.

Irgendwann klingelte wieder sein Handy, aber er hatte keine Ahnung, wie viel Zeit vergangen war, seit er mit seiner Schwester telefoniert hatte. Er kauerte noch immer auf dem Sessel im Arbeitszimmer, und sein Magen teilte ihm mit, dass er etwas zu essen brauchte, aber schon beim Gedanken, dass etwas seine Lippen berührte, wurde Herman übel. Nach der ganzen Aufregung, die er in den letzten Wochen beim Lesen der neuen Seiten empfunden hatte, interessierte ihn das Schicksal von Edwin Grey plötzlich überhaupt nicht mehr. Er steckte viel zu tief in seinem eigenen Schlamassel, als dass ihn sonst etwas gekümmert hätte. Er wusste nur, dass die Geschichte zu Ende gebracht werden musste, den Grund dafür hatte er vergessen, aber er hatte von Anfang an dieses Ziel vor Augen gehabt, und wenn er das verlor, dann blieb ihm gar nichts mehr. Was sollte er denn sonst tun? Sein Vater war tot, jemand pfuschte in seinen Geschäftsangelegenheiten herum, seine Frau wurde vermisst, und die gesamte Einrichtung war aus seinem Haus verschwunden. Ein paar Sessel und das Essen im Kühlschrank, weiter war ihm hier nichts geblieben. Das Telefon hörte auf zu klingeln, fing aber gleich darauf wieder an. Plötzlich fiel ihm ein, dass es ja Amber sein konnte.

»Hallo«, krächzte er.

»Mr Banks, es warten alle auf Sie.«

»Was? Mit wem spreche ich denn?«

»Mit Florrie. Alles in Ordnung bei Ihnen, Herman?«

»Ja. Nein. Ich bin … mein Vater ist gestorben«, stotterte er und fing wieder an zu weinen.

»Ja, ich habe es schon gehört, und es tut mir sehr leid.« Sie senkte die Stimme. »Ich … normalerweise würde ich das Meeting absagen, das wissen Sie ja, Herman, aber die warten alle auf Sie. Es herrscht hier eine unglaublich gespannte Stimmung, seit Sie weg sind, es ist … na ja, die sitzen seit zwanzig Minuten hier und werden allmählich … na, Sie kennen sie ja.« Flüsternd fügte sie noch hinzu: »Die wollen Ihnen an den Kragen, Herman, also reißen Sie sich bitte zusammen, okay?«

»Das Meeting. Ja, natürlich«, sagte er, wischte sich die

Augen trocken und richtete sich auf. »Florrie, haben Sie zufällig etwas von Amber gehört?«

»Amber? Nein. Aber ihre Mutter hat mich die letzten Tage ständig angerufen und nach ihr gefragt. Ist alles in Ordnung?«

»Ja, ja.« Er nahm sich zusammen. »Stellen Sie mich in den Konferenzraum durch.«

»Die wollen Sie auf dem Bildschirm sehen, Herman, unbedingt. Haben Sie Ihren Laptop an?«

»Meinen Laptop? Nein, ich hab eine Schreib- … Moment«, er zog die Schublade auf, in die er bei seiner Ankunft den Laptop verbannt hatte, und stellte ihn auf den Tisch.

Florrie führte ihn durchs Setup, und ohne weiter nachzudenken, starrte Herman in die kleine Kamera. Er dachte an Amber, er dachte an seinen Vater, er dachte, dass er am liebsten wieder mit seiner Frau in New York wäre und nicht hier in diesem kalten, leeren Haus, in dem er sich verloren und allein fühlte, voller Angst, was hinter der nächsten Ecke lauerte.

»Äh, Herman«, hörte er dann plötzlich Jeffreys Stimme, und als er auf den Bildschirm blickte, sah er lauter Männer, die um einen Tisch saßen und ihn anstarrten. »Entschuldigung, sind Sie das, Herman? Ich bin nicht sicher, ob wir die richtige Verbindung haben«, meinte Jeffrey, und auf einmal blockierte Jeffreys Rücken Hermans Kamera.

»Bei Skype gibt es keine falschen Verbindungen«, blaffte jemand, und Herman erkannte die Stimme von Stanley Mancini.

»Na, ich weiß nicht, Leute, aber ich fürchte, genau das

ist passiert«, beharrte Jeffrey und versuchte mit seiner lockeren Art Zeit zu schinden.

»Nein, nein, das ist Herman«, warf ein anderer ein. »Gehen Sie aus dem Weg, Jeffrey, wir wollen ihn sehen. Herman, sind Sie das? Herr des Himmels, seht ihn euch an!«

Herman blickte auf und aus dem Fenster, wo er ein vertrautes Auto näherkommen sah. Sein Herz wurde schwer. Er stand auf, verließ das Zimmer, während hinter ihm der Vorstand seines Unternehmens mit Jeffrey diskutierte und Fragen auf Hermans Rücken abfeuerte.

Unruhig wartete Herman unten, und als DCI Barrie, begleitet von DS Jones, auf die Klingel drückte, geriet er endgültig in Panik. Er konnte die Silhouetten der beiden durch das Fenster in der Tür erkennen und wusste nicht, was er tun sollte. Nur noch eine Nacht, mehr brauchte er nicht. Noch eine Nacht, dann war das Buch bestimmt fertig, und alles würde wieder sein wie vorher. Und wenn Amber nicht wiederkam, würde er sie als vermisst melden, er würde sagen, dass er sich erst jetzt rührte, weil er gedacht hatte, sie wäre mit einem anderen Mann durchgebrannt, sie hatte so etwas in der Vergangenheit ja schon einmal gemacht. Das würde er sagen. Er brauchte nur noch eine Nacht. Aber sie standen vor seiner Tür. Jetzt. Direkt vor seiner Tür.

Er ging zum Waschbecken, spritzte sich Wasser ins Gesicht, ging zur Tür und öffnete sie.

DCI Barrie stutzte, als sie ihn sah.

»Hallo, Mr Banks«, sagte sie und blickte ihm unverwandt in die Augen, während DS Jones seine Kleidung musterte. »Sie erinnern sich sicher an uns – ich bin DCI Barrie, und das hier ist mein Sergeant Freitag, also wenn ich Inspector Robinson wäre, sozusagen. Wir waren vor einiger Zeit schon mal hier, um das Geheimnis der Uhr zu erforschen«, grinste sie. »Ist sie inzwischen wieder aufgetaucht?«

»Nein, keine Spur. Aber danke für Ihre Unterstützung. Wir haben überall im Haus Überwachungskameras anbringen lassen, das dürfte die Einbrecher von nun an abschrecken.«

»Würde es Ihnen etwas ausmachen, wenn wir kurz reinkommen? Hier draußen ist es ein bisschen ungemütlich. Soll aber noch schlimmer werden«, fügte sie hinzu und schauderte.

Da ihm keine Ausrede einfiel, machte Herman die Tür weiter auf und ging den Korridor zur Küche hinunter, dem einzigen Raum, in dem noch die meisten Möbel vorhanden waren.

Schockiert nahmen DCI Barrie und DS Jones den Korridor und die abzweigenden Zimmer zur Kenntnis. »Himmel. Renovieren Sie gerade?«, fragte Barrie.

Herman schüttelte den Kopf.

»Es kommt mir so vor, als hätten Sie wesentlich weniger Mobiliar als bei unserem ersten Besuch.«

»Ja, stimmt.« Er sah sich traurig um.

»Ist Mrs Banks auch da?«, fragte Barrie, zog einen Küchenstuhl heran und ließ sich langsam darauf nieder.

»Nein.«

»Wissen Sie, wo sie ist?«

»Einkaufen. In der Stadt.«

»Wann ist sie denn weggegangen?«

»Heute Morgen.«

»Sind Sie sicher?«

Herman legte den Finger an die Nase und dachte angestrengt nach. »Nein. Sie haben völlig recht. Es war gestern.«

»Und ist sie zwischendurch heimgekommen?«

»Nein. Sie ist noch nicht wieder zurück.« Er schaute auf sein Handgelenk, um zu sehen, wie spät es war, aber da war keine Uhr. Er hatte noch gar nicht gemerkt, dass auch diese weg war. Er seufzte. »Ich hoffe, sie kommt bald.«

»Wer hat sie denn in die Stadt gebracht? In der Auffahrt stehen zwei Autos.«

»Ich … ich weiß nicht.«

»Aha.«

Herman schaute aus dem Fenster. »Ich weiß nicht, mit wem sie gefahren ist, Detective. Aber ich habe das Gefühl, es war ein Mann. Gestern habe ich sie mit einem Mann gesehen. Oder war es vorgestern?« Er rieb sich verwirrt die Augen.

»War das vielleicht Dr. Barnsley?«

»Ja, tatsächlich!« Er sah die Polizistin überrascht an. »Kennen Sie ihn?«

»Wir haben mit ihm gesprochen. Ihre Frau hatte gestern einen Termin bei ihm, aber sie ist nicht aufgetaucht und hat sich auch nicht gemeldet. Er hat uns von Ihrer … Ihrer Verwirrung hinsichtlich seiner Person berichtet. Genau genommen war er es, der uns angerufen hat, er macht sich nämlich Sorgen. Amber wollte sich auch mit einer gewissen Helen Jones treffen, wohlgemerkt keine

Verwandte von unserem Maxwell hier. Sie arbeitet in der St.-Dymphna-Klinik in Bath. Die beiden Damen waren heute zum Kaffee verabredet. Aber Helen Jones hat auch nichts von Amber gehört.«

»Woher wissen Sie das eigentlich alles?«, wollte Herman wissen.

»Ihre Frau ist seit zwei Tagen verschwunden, Mr Banks«, erklärte DCI Barrie. »Wir haben mit ihrer Familie gesprochen, die sehr beunruhigt ist, denn seit einer Woche hat niemand etwas von ihr gehört.«

»Sie haben mit Ambers Familie gesprochen?«

»Sie machen sich große Sorgen.«

Herman begann, in der Küche auf und ab zu wandern.

»Warum haben Sie uns denn nicht Bescheid gesagt? Warum haben Sie die Polizei nicht über das Verschwinden Ihrer Frau in Kenntnis gesetzt, Mr Banks?«

»Weil ich nicht dachte …« Er begann zu weinen, nahm sich aber schnell wieder zusammen. »Ich habe nicht gedacht, dass sie verschwunden ist. Ich dachte, sie hätte mich verlassen. Deshalb habe ich die Polizei nicht verständigt. Sind Sie jetzt zufrieden? Ich hatte Angst, Amber wäre mit einem anderen Mann durchgebrannt.«

»Haben Sie denn Grund zu der Annahme, dass sie sich mit einem anderen Mann eingelassen hat?«, fragte DCI Barrie etwas sanfter.

»Das hat sie jedenfalls schon mal getan. Vor ein paar Monaten. Mit diesem abscheulichen Trainer, seinen Namen weiß ich nicht. Und dann war da dieser Mann im Dorf, mit dem ich sie gesehen habe.«

»Dr. Barnsley.«

»Ja, der.«

»Er ist ihr Therapeut. Sie war in letzter Zeit zweimal pro Woche bei ihm.«

»Ihr Therapeut?« Herman blieb abrupt stehen.

»Ja, anscheinend war Mrs Banks wegen einiger Dinge, die in ihrem Leben passiert sind, ziemlich verzweifelt.« DCI Barrie blickte in dem leeren Haus umher. »Hatten Sie vorletzte Nacht Streit mit Ihrer Frau?«

Die Frage brachte Herman aus dem Konzept. »Wie bitte? Nein. Warum?«

»Wir haben eine Zeugin, die sagt, sie hätte einen ziemlich heftigen Streit zwischen Ihnen und Ihrer Frau gehört.«

»Ja, aber … das war doch nur ein Streit … es war ja nichts …«

»Können Sie mir sagen, worum es ging?«

»Um normale Dinge, über die verheiratete Leute sich streiten«, antwortete er gestikulierend. »Meine Frau war ein bisschen … sie hat sich hier ein bisschen gelangweilt, weiter nichts.«

»Und Sie haben uns gesagt, dass Sie glaubten, Ihre Frau hätte eine Affäre. Haben Sie ihr das vielleicht in dem Streit vorgehalten?«

»Nein«, antwortete Herman rasch, aber die Blicke der beiden Polizisten stimmten ihn um. »Na ja, eigentlich schon, aber …«

»Haben Sie Ihre Frau in dieser Nacht misshandelt, Mr Banks, sind Sie ihr körperlich zu nahe getreten?«

»Nein, ich … ich habe eine Lampe zerbrochen, vielleicht hat das Glas … ich war wütend, aber ich würde Amber nie weh tun, ich würde nie die Hand gegen sie erheben.«

DCI Barrie sah ihn an, und sie wussten beide, dass er log, denn die Polizistin hatte bei ihrem ersten Besuch Ambers lädiertes Handgelenk gesehen. Herman wandte hastig den Blick ab. »Hören Sie, es gefällt mir nicht, wie sich dieses Gespräch entwickelt, und wenn Sie sich noch weiter auf diese Art mit mir unterhalten wollen, dann bestehe ich auf einem Anwalt. Ich werde mich in meinem eigenen Haus nicht von Ihnen verhören lassen.«

Die beiden Polizisten standen auf. »Wir wollen Ihnen nur helfen, Ihre Frau zu finden, Mr Banks. Sie ist seit sechsunddreißig Stunden verschwunden, und es gibt keine Spur von ihr. Wenn Ihnen noch irgendetwas Hilfreiches einfällt, was Sie uns noch sagen wollen, hier ist meine Karte, zum zweiten Mal. Und ich schlage vor, Sie nehmen sich tatsächlich einen Anwalt, Mr Banks.« Barrie drückte ihm ihre Karte in die Hand und watschelte hinter DS Jones zur Tür.

Als sie mit Maxwells Hilfe eingestiegen war und er den Motor anließ, meinte DCI Barrie: »Wir brauchen einen Durchsuchungsbefehl.«

»Wird sofort erledigt«, erwiderte er und holte sein Handy aus der Tasche. Plötzlich zuckte sie zusammen und umklammerte ihren Bauch. »Ist es so weit?«, fragte Jones, brach das Gespräch ab und sah seine Kollegin besorgt an. »Haben Sie Ihre Tasche im Kofferraum?«

»Das war bloß ein kleiner Fußtritt, alter Warmduscher«, blaffte sie ihn an. »Jetzt besorg uns gefälligst den Durchsuchungsbefehl.«

XV

Draußen tobte der Sturm, im Haus war es kalt, denn der Strom war ausgefallen. Völlig verängstigt hatte Herman sich im Bett verkrochen, wo er sich an Ambers T-Shirt festhielt. Was passiert war, machte ihm Angst, und ihm graute vor dem, was ihm noch bevorstehen mochte, ihm graute vor dem, was aus ihm geworden war, und er betete darum, dass alles einfach zu Ende wäre und Amber endlich zu ihm zurückkehren konnte. Dann würde die Polizei sehen, dass er ihr nichts getan hatte, dass er ihr nie etwas antun würde, dass er sie mehr liebte als alles auf der Welt. Er hatte sich lediglich eine Weile verirrt, hatte vergessen, in welcher Welt er lebte. Wenn die beiden Polizisten morgen zurückkamen – was bestimmt der Fall sein würde, da war er ganz sicher –, würde hier alles wieder normal sein, die Einrichtung komplett an Ort und Stelle, und vor allem würde Amber bei ihm sein.

Plötzlich kam ihm ein Gedanke. Er war noch nie nachts, wenn an seinem Roman gearbeitet wurde, im Schreibzimmer gewesen. Vielleicht ließ derjenige, der dort saß und schrieb, mit sich reden, vielleicht ließ er sich dazu bewegen, ihm Amber zurückzugeben. Geld kümmerte Herman nicht mehr. Draußen heulte der

Wind, die Türen klapperten. Herman entriegelte die Schlafzimmertür und stieg die Treppe hinauf.

Auf einmal hörte er die Schreibmaschine. TAP TAP TAP. Wie angewurzelt blieb er stehen. TAP TAP TAP. Da oben war tatsächlich jemand! Ein heftiger Luftzug fegte durchs Haus, und Herman fröstelte, vor Angst und Kälte. Dann hatte er den Treppenabsatz erreicht und sah, dass die Tür zum Arbeitszimmer einen Spalt offen stand, aber als er sie weiter aufmachen wollte, knallte sie vor seiner Nase zu, und er wich mit einem Schreckensschrei zurück.

»Wer ist da drin? Wer bist du?«

Stille. Und dann wieder: TAP TAP TAP.

»Ich will dich sehen!«, rief Herman.

Keine Antwort kam, doch das Tippen ging weiter und wurde schneller. Wieder streckte Herman die Hand nach dem Türgriff aus, und wieder öffnete sich die Tür einen Spalt. Aber durch den Spalt kam ein fürchterlicher Wind, so, als hätte jemand vergessen, das Fenster im Schreibzimmer zu schließen. Wieder versuchte Herman, die Tür zu öffnen, kämpfte gegen die Gewalt des Winds, doch obwohl er ein kräftiger Mann war, blieb der Wind Sieger. Aber nun konnte Herman den Stuhl am Schreibtisch sehen, und wenn er es schaffte, die Tür nur ein kleines Stückchen weiter aufzustoßen, würde er sehen können, wer darauf saß. So warf er sich noch einmal gegen die Tür, tat es für Amber, tat es für die Liebe seines Vaters, drückte mit aller Kraft – und auf einmal gab die Tür nach. Und er sah den leeren Stuhl, sah die Schreibmaschine, sah die Tasten sich ganz von allein bewegen, auf und ab, TAP TAP TAP. Er trat ins

Zimmer, und plötzlich schwoll das Geräusch an, wild und grausam, wurde so laut, dass Herman sich die Ohren zuhalten musste. Hektisch wandte er sich um, und plötzlich gerieten sämtliche Schreibmaschinen auf den Regalen in Bewegung, auf und ab klapperten die Tasten, rasend schnell. Der Lärm war unerträglich.

Dann erhob sich ein mächtiger Wind, und Herman fühlte eine Kälte, wie er sie nie gekannt hatte, eine Kälte, die ihm nicht nur durch Mark und Bein ging, sondern mitten in die Seele fuhr. Er fühlte einen Schlag auf den Kopf, fühlte Hände, die sich um seinen Hals legten, die seinen Körper, sein Gesicht umklammerten, enger und immer enger, bis er nicht mehr atmen und sich nicht mehr auf den Beinen halten konnte. Krachend fiel die Tür hinter ihm ins Schloss, und er stürzte zu Boden.

Am folgenden Morgen steuerte DS Jones den kurvigen Weg zu *Burns' Estate* hinauf, neben sich DCI Barrie, die den Durchsuchungsbefehl fest in der Hand hielt. Zwei Streifenwagen folgten ihnen zur Verstärkung.

Als das Haus in Sicht kam, seufzte DCI Barrie tief.

»Ist es so weit?«, fragte DS Jones sofort und warf ihr einen hastigen Blick zu. »Diesmal kriegen Sie es bitte nicht im Auto.«

»Du hast doch einen neuen Wagen bekommen, oder etwa nicht?«, fauchte sie.

Er schmollte.

Sie seufzte erneut und erklärte: »Es sind bloß die reichen Leute, Maxwell.«

»Was ist denn mit ihnen?«

»Sie faszinieren mich irgendwie.«

»Mich faszinieren sie nicht«, entgegnete er.

»Vielleicht deshalb, weil sie eigentlich gar nicht so faszinierend sind.«

Maxwell verdrehte die Augen.

»Angeblich haben die doch alles. Aber sie sind trotzdem nicht zufrieden, und das lässt mir keine Ruhe. Wenn *ich* so viel Geld hätte wie dieser Banks, wäre ich jedenfalls zufrieden«, erklärte sie, rieb sich den Bauch und fühlte wieder das Strampeln ihres Babys. »Aber die Reichen wissen einfach nicht zu schätzen, was sie haben. Was das wert ist.«

»Aber es sind nicht alle so. Ich hab einen reichen Onkel«, wandte Maxwell ein. »Der ist nett.«

»Schenkt er dir immer was Tolles zu Weihnachten?«

»Letztes Jahr habe ich ein iPad gekriegt.«

DCI Barrie sah ihn beeindruckt an. »Dann irre ich mich wohl. Aber ich hoffe, wir finden Banks' Frau nicht hier. Ich hoffe, ihr Ehemann hatte recht mit seinem Verdacht.«

»Obwohl Sie ihm kein Wort geglaubt haben.«

»Stimmt. Aber ich hoffe, Mrs Banks ist wirklich mit einem anderen Mann durchgebrannt. Ich hoffe, sie ist irgendwo, wo es schön warm ist, und hat Sex mit einem hübschen Kerl in ihrem Alter.«

Maxwell grinste. »Also wirklich – immer wollen Sie ein Happyend.«

»Nur schade, dass ich nicht daran glaube.« Sie schnitt eine Grimasse und rutschte unbehaglich auf ihrem Sitz herum.

Als DCI Barrie und DS Jones an der Haustür klingelten, rührte sich nichts. Sie warteten eine Weile, dann riefen sie die Verstärkung herbei und brachen die Tür auf. Sie hatten erwartet, Herman Banks hier irgendwo zu finden, aber zu ihrer Überraschung war das Haus vollkommen leer. Der einzige Hinweis auf Amber und Herman Banks' Existenz war ein fertiggestelltes Manuskript, das auf dem Schreibtisch in Gregory Burns' Arbeitszimmer lag. *Der Erlöste* von Herman Banks. Sein erster und letzter Roman, bevor er und seine Frau auf tragische Weise verschwanden.

Edwin Grey hielt das Messer ein Stück von sich weg, denn das Blut tropfte auf seine Kleider und auf den Boden, so dass sich eine Spur die ganze Straße entlangzog. Im hellen Licht des Tages schritt er auf sein Haus zu; die Frauen stießen entsetzte Schreckensschreie aus, als sie ihn erblickten, die Männer zogen sie fürsorglich aus dem Weg, aber Edwin war glücklicher, als er es jemals gewesen war. Er fühlte sich kraftvoll, fühlte sich wie ein echter Mann, ein Vater, ein Beschützer, fühlte sich seltsam erlöst. Langsam öffnete er das Gartentor. Als Abigail ihm die Tür öffnete und sein Gesicht und seine blutbesudelten Kleider sah, erschrak sie zu Tode. Im Wohnzimmer warteten seine Mutter und seine Tochter auf ihn. Mit einem Lächeln betrachtete seine Mutter seine Kleider und den bluttriefenden Dolch in seiner Hand.

»Das ist mein Sohn.«

»Dein Sohn?« Überrascht sah Margaret ihre Großmutter an.

»Ja, und dein Vater. Er hat etwas Schreckliches getan, und man hat ihn dafür eingesperrt, aber er ist zurückgekommen, um für dich Gutes zu tun, Liebes.«

»Ist er der Mann, von dem du gesagt hast, er würde mir das Leben retten?«

Sie nickte, und Margaret sah ihn an, mit ihren großen blauen Augen, ängstlich und dankbar zugleich.

»Danke, Vater«, flüsterte sie.

Er fiel auf die Knie, und sie rannte zu ihm. Vater und Tochter hielten sich in den Armen.

Dann kamen sie, um ihn zu holen. Und es war schlimmer, als es jemals gewesen war.